아담의 첫 번째 아내

아담의 첫 번째 아내

2020년 2월 20일 초판 1쇄 펴냄

펴낸곳 도서출판 **삼인**

지은이 신승철
펴낸이 신길순

등록 1996.9.16 제25100-2012-000046호
주소 03716 서울시 서대문구 성산로 312 북산빌딩 1층

전화 (02) 322-1845
팩스 (02) 322-1846
전자우편 saminbooks@naver.com

디자인 디자인 지폴리
인쇄 수이북스
제책 은정제책

©2020, 신승철
ISBN 978-89-6436-173-3 03810

값 13,000원

아담의
첫 번째 아내

신승철 장편소설

삼인

이 글은 소설이다. 이 소설과 일부 같거나 비슷한 인물들이
실록에 등장하지만 그저 픽션일 뿐이다.

차례

제4장 황조가가 흐르는 풍경

제5장 추리와 해명의 간극

제6장 사실과 진실 사이에 섬 하나

에필로그

프롤로그

세 번째 살인

반장님께서는 뭐랍니까? 예? 아, 개씹에 보리알 여럿 낀
다구요? 하하하. 저를 두고 하는 말이군요. 경찰들은 기자
들을 왜 그렇게 미워하는지 모르겠어요. 강 형사님도 제
가 미우세요? 예? 맥주나 마시라구요? 예, 그러죠. 강 형
사님은 작가 지망생이었습니까? 집은 썰렁한데 모아놓은
책이 꽤 되는군요.

　그나저나 세 번째 살인사건인데 진척이 좀 있습니까?
노코멘트라고요? 아, 반장님께서 당부하신 말씀이 있나
보죠? 그러면 제가 말씀드리지요. 첫 번째 여자는 이지혜

라고 술집 여자였죠? 본명은 이미자였더군요. 두 번째 여자는 김지숙인데 여성단체에서 근무하던 간사였죠. 이번에 살해된 여자의 신원도 확인됐더군요. 오찬란이라고 신인 여배우였네요. 범행 대상이 너무 고색창연하지 않습니까? 무슨 삼류 영화를 찍는 것도 아니고. 참, 반장님께서 그 말씀은 안 하시던가요? 죄송하지만 제가 강 형사님과 심 형사님이 쓰신 보고서를 몰래 훔쳐봤거든요.

어쨌거나 세 명의 여자 모두 옷이 벗겨진 채 열 군데 이상 자상을 입었고, 범인의 정액은 없고, 용의선상에 떠오른 인물도 별로 없는 것이 지금의 현실 아닙니까? 뭘 그렇게 놀라는 척을 하십니까? 저 말고도 개썹의 보리알들이 다 아는 사실인데. 보고서를 보니까 강 형사님은 범인이 성 불구자이거나 추악한 몰골을 하고 있거나 도덕주의자일 거라는 추측을 하신 반면에 심 형사님은 범인이 미남이거나 사디스트일 거라는 추론을 풍기고 있더군요. 근거가 있는 겁니까? 노코멘트라고요? 아, 왜 이러십니까?

그런데 이상한 게 있어요. 두 명의 여자가 미인이고 늘씬하고 평범한 사람들과는 격이 달라 용의자가 너무 많다는 것은 인정하겠는데 벽 앞의 어둠처럼 떡 버티고 있는 사람이 바로 김지숙이에요. 술집 여자 이미자와 여배우 오찬란은 신명성 성형외과에서 얼굴을 뜯어고쳤는데 김지숙은 아니란 말이에요. 얼굴이 못생긴 건 아니지만 그렇다고 빼어난 미모도 아니잖아요. 신명성 원장은 그 얼굴로 어떻게 유명한 성형외과 의사로 소문이 났는지 모르겠더라고요. 어쨌든 신명성 원장과 김지숙에 관련된 사항을 사돈의 팔촌까지 뒤져봤지만 도저히 얽히는 게 없어요. 자, 여기까지는 강 형사님과 저 둘 다 아는 것입니다. 그렇죠?

그런데 제가 새롭게 밝힌 사실이 하나 있어요. 뭐냐고요? 아, 맨입으로 됩니까? 강 형사님이 단서 하나만 알려주시면 저도 알려드리지요. 여성단체에서 근무하던 김지숙은 어떻게 이해를 해야 할까요? 또 노코멘트라고요? 누이 좋고 매부 좋은 일인데 왜 이러실까. 예? 맥주나 더 마시라고요? 네, 그러죠. 캬, 맥주 맛이 죽이는군요.

그런데 말입니다. 의총에 대한 얘기 들어보셨어요? 구한말의 이완용은 사후에 자신의 시신이 훼손당할 것이 두려워 무덤을 여덟 개나 만들었다는 얘기요. 중국의 조조는 더한 놈이야, 가짜 무덤인 의총을 72개나 만들었다고 하대요. 왜 이런 말을 하느냐고요? 물론 범인과 관련이 있어 보여서 드리는 말이죠. 제 생각에는 범인이 피해자에 대해 극도로 혐오감을 갖고 칼로 난자를 했겠지만 그 누구도 시체에 범접하지 못하도록 조치를 취한 것이란 얘기죠. 몇 군데만 찌르면 될 것을 왜 10여 군데 이상을 찔러 댔느냐 이겁니다.

다시 말해서 범인은 피해자를 극도로 증오했지만 역설적으로 매우 애정을 가지고 있는 게 아니냐, 이거죠. 영혼이랄지 직업이랄지 뭐 그런 거. 왜 웃으세요? 의총에 들어가기 전에 미리 훼손까지 해버린 거 아니냐고요? 참 나, 그렇게 말하시면 허무해지는데.

그러면 범인은 다음 대상을 어떤 여자로 삼을 것 같습니까? 처음에는 몸이 헤픈 술집 여자였고, 두 번째는 페미니즘을 부르짖는 여자, 세 번째는 관능미를 자랑하는 신인 여배우였어요. 그러면 이제 청순하고 가련하고 순진무구한 여자가 범행 대상이 되지 않을까요? 네? 맥주가 떨어졌다고요? 제가 갔다 오죠. 아닙니다. 이 앞 슈퍼마켓에 담배를 사러 갔다가 보니까 근사한 아가씨가 점원으로 있더군요. 제가 이름을 물으니까 얼굴이 빨개지데요. 요즘에 누가 뭐라고 한다고 얼굴이 빨개지는 여자가 어디 흔합니까? 제가 갔다 오겠습니다.

보리알과의 역할 분담

우리 반장님이 전화통에 대고 뭐라고 하더냐고? 그대로 옮겨줄까? 개썹에 보리알 여럿 끼네 정말로, 조꺼튼 놈들. 눈치가 빠르군. 뭐? 내가 기자들을 왜 미워해. 맥주나 마셔. 뭐? 작가 지망생? 아냐, 다 집 나간 마누라 책들이야. ……. 맥주가 떨어졌군. 뭐라고? 아, 그 여자. 난 이제 술 마실 생각이 별로 없어. 김 기자, 술 사러 가지 말라니까. 난 술 생각이 없다니까, 오다가 동료들하고 마셨어. 왜, 여자 생각이 나서 그래? 슈퍼마켓 아가씨가 바나나라도 된대? 집적거리면 아무나 먹으라고 바나나처럼 옷이 홀홀 벗겨지냐고? 혼자 실컷 떠들더니 소득이 없으니까 딴 데 가서 알아보겠다는 거야, 뭐야?

당신 입장은 알겠지만 제발 기사는 나중에 좀 써. 나도 원래 나서기 싫어하는 인간인데 당신들 때문에 정말 죽겠어. 신명성 원장을 찾아갔더니 경찰이 왜 또 왔냐고 하더라고. 당신이지? 꼬라지 나면 공무집행방해죄에 공무원 사칭 혐의로 체포할 거야. 기자들 똥은 거름으로도 쓸 수 없다는 말은 들었어, 못 들었어? 그리고 확실한 거 아니면 제발 마음대로 추리해서 추측기사 좀 쓰지 마. 반장님께

13

서는 우리가 기자들 똥구멍 핥고 다닌다고 악다구니를 쓴다니까. 그래서 내가 만든 욕 중에서 가장 큰 욕이 있는데 그게 바로 '에라이, 기자 똥이나 처먹어라'야. 당신이 형사하고 내가 기자를 하자고.

다시 한 번 부탁하는데 제발 앞에 나서지 좀 말아. 필요하다면 당신하고 나하고 역할 분담을 하자, 이거야. 김 기자 말대로 범인이 여자들을 10여 군데 이상을 난자한 것은 죽이겠다는 생각 외에도 고깃덩어리로 만들겠다는 의도가 숨어 있는 것 같아. 그것도 그렇잖아, 바나나 껍질을 벗겼으면 당연히 먹어야 되는데 먹은 흔적도 없어. 내일 당장 보리알들이 여배우 오찬란의 주변 인물들을 만나고 다닐 테지만, 아니 지금 매니저하고 연락도 안 되는 걸 보니 지금 만나고 있는지도 모르지. 이래저래 일이 어렵게 됐어.

참, 아까 당신이 말한 의총에 관한 얘긴데 공감하는 바가 없는 건 아니야. 구한말의 이완용이든 중국의 조조든 미운 놈은 무덤에서 시체라도 꺼내 훼손해야 직성이 풀리는 게 아시아적 사고라고 나도 믿겠어. 그런데 범인은 분명 한국 사람일 거고 시체를 고깃덩어리로 만드는 데 문제의 심각성이 있단 말이지.

좋아. 내가 김지숙에 대한 정보를 제공할 테니까 당신

은 새롭게 밝힌 내용을 내게 설명해봐. 김 기자는 지금 신명성 원장을 용의자로 삼고 김지숙과의 관계를 파고드니까 답이 나오지 않는 거야. 나는 오히려 여배우 오찬란 때문에 벽 앞의 어둠이야. 확인해보니까 술집 여자 이미자와 여배우 오찬란은 신명성 성형외과에서 얼굴을 뜯어고친 것은 맞는데 이미자는 쌍꺼풀 수술만 했고 원장이 직접 수술한 것도 아니야. 서로 모르는 사이라는 얘기지.

물론 오찬란은 원장이 직접 턱도 깎고 코도 세웠더라고. 문제는 빤한 상황인데 신 원장이 멍청하게 오찬란을 죽였겠냐는 거야. 여성단체에서 일했던 김지숙은 신 원장과 어떤 관련도 없어. 오찬란만 유일하게 신 원장과 만난 적이 있더라고. 당신도 확인했겠지만 원장은 오찬란이 배우라는 것도 몰랐다잖아. 결과적으로 볼 때 범인은 피해 여성들과는 일면식도 없다는 얘기야.

그런데도 범인은 범행 장소에 아무런 흔적도 남기지 않고 쉽사리 들어왔고 피해 여성들은 반항한 흔적이 없다는 거야. 다음 범행 대상이 청순한 여자라거나 순진무구한 여자라는 것도 별로 설득력이 없어. 범인이 일면식도 없는 여자들의 성격을 어떻게 단번에 알겠느냔 말이야, 직업도 그렇고. 더군다나 범인은 바나나처럼 여자를 홀딱 벗겨놓고 먹지를 않았잖아.

그래서 내가 내린 결론은 범인이 잘생겨서 피해자를 후릴 능력이 있다기보다 김 기자 말처럼 역설적으로 정상적인 방법으로는 쭉쭉빵빵인 여자들에게 접근조차 어려운 놈일 거라는 얘기야. 때문에 나더러 범인을 꼽으라면 두 명이야. 첫째는 신출귀몰한 외계인, 둘째는 보리알처럼 하찮지만 무소불위의 권력을 휘두르는 당신 같은 기자들 중에 한 명일 거야.

그럼, 이제 당신 차례야. 새롭게 밝혀낸 내용이 뭐지? 뭐라고? 없어? 정말이야? 지금 장난치는 거지? 정말 없어? 이런 씨발놈의 새끼. 내가 한 얘기 한 글자라도 신문에 나가면 넌 죽은 목숨인 줄 알아. 고깃덩어리를 만들어버릴 테니까, 알아서 해.

세종대왕과 세자빈의 전쟁

무슨 욕을 그렇게 하십니까, 내가 뭘 어쨌다고? 그럼, 사기를 치는데 내가 욕이 안 나오게 생겼어? 알았습니다. 뭘 알아? 새롭게 밝혀진 내용을 알려드리죠. 뭔데? 인터넷

유명 사이트에 연재된 소설이라 복사를 해왔는데 양이 좀 많습니다. 놓고 갈 테니 천천히 읽어보세요. 소설? 무슨, 소설? 우연히 발견했는데 이번 사건과 관련이 있는 것 같습니다. 소설의 제목이……『거짓말쟁이들의 추리』? 맞습니다. 무슨 내용인데? 보시면 알죠. 이 많은 양을 당장 어떻게 다 읽어, 대충이라도 줄거리를 알려줘야지. 한마디로 말하면……. 한마디로 말하면? 세종대왕과 세자빈인 봉 씨가 맞짱을 뜨는 내용이죠. 그건 또 무슨 황당한 소리야? 세자빈이라면 며느리인데 세종대왕과 싸운다는 게 말이 돼?『조선왕조실록』을 뒤져봤는데 역사적 사실이에요. 도저히 믿지 못하겠는데? 사실을 말하면 세종대왕의 아들인 문종의 아내 봉 씨가 폐출을 당하는 내용이 실록에 기록되어 있죠. 그, 그래서? 그래서는 뭐가 그래서입니까, 다 읽으셔야 대화와 이번 사건에 대한 추리가 가능하다니까요. 아, 그래? 그럼, 늦었으니 저는 이만 가보겠습니다. 김 기자, 한 가지만 물어보자. 뭔데요? 살해를 당한 여성들이 그 유명 사이트에 모두 회원으로 가입이 되어 있겠네? 그렇습니다, 눈치가 빠르시네요. 하나만 더! 뭔데요? 이 소설은 누가 쓴 거지? 몰라요. 몰라? 그래요, 그걸 강 형사님과 제가 알아보자는 거죠.

거짓말쟁이들의 추리가 시작되다

상감께옵서 내리신 교지의 내용은 다음과 같았습니다.

"저부는 한 나라의 근본이요, 배필은 삼강의 중대함이
니, 처음을 바로잡는 도리는 삼가지 않을 수가 없다. 기유
년에 봉 씨를 명가의 후손이라 해서 세자빈으로 삼았는
데, 나중에 규곤의 의칙을 어길 줄을 생각하지 못하였다.
일이 한두 가지가 아니므로 우선 그 대개만 들어 말한다
면, 성질이 투기가 많고 대를 이을 자식이 없으며, 또 궁
궐 여종들로 하여금 항상 남자를 사모하는 노래를 부르
게 하였다. 또 세자가 종학으로 옮겨 가 거처할 때에 몰래
시녀의 변소에 가서 벽 틈으로 엿보아 외간 사람들을 바
라보았다. 환자의 주머니·자루·호슬을 손수 만들었기 때
문에, 이로 인하여 세자의 생신에 으레 바쳐야 할 물건들
을 미리 만들 여가가 없어서, 지난해 생신에 쓴 오래된 물
건을 몰래 가져다가 새로 마련한 것처럼 속이고 바쳤으
며, 또 궁중에 쓰는 물건과 음식물을 세자의 명령을 받지
않고서 몰래 환자를 경계하여 그 어머니 집으로 보내었
다. 무릇 이 몇 가지 일이 모두 애매한 것이 아니므로, 내
가 친히 사유를 물으니 모두 다 자복하였다. 내가 생각하

건대, 부부의 도리는 풍화의 근원이요, 빈을 폐하고 다른 빈을 다시 세우는 것은 역대에서 소중히 여기는데, 더군다나 지금 세자빈은 두 번이나 폐출을 행하니, 더욱 사람들의 시청을 놀라게 할 것이다. 다만 총부의 직책이 관계한 바가 경하지 않는데, 이러한 실덕이 있으니 어찌 세자의 배필이 되어 종묘의 제사를 받들고, 한 나라에 국모의 의표가 되겠는가. 이에 마지못하여 대신에게 의논하여 종묘에 고하고, 그 책인을 회수하고 폐하여 서인으로 삼는다. 다만 그대들 정부는 나의 지극한 마음을 본받아 중앙과 지방에 효유할지어다."

상감마마께 곡좌하는 마음으로 이 글을 적습니다. 곡좌하는 마음이라 표현했습니다만 결코 부끄럽거나 후회가 남아 있는 것은 아닙니다. 전하께서는 세간의 풍속으로도 제게는 어른이시고, 시아버님이시고, 한 나라의 국왕이시기 때문입니다. 그것뿐입니다. 발칙하다 나무랄 것이고, 천하다 책망하시겠지만 오히려 저는 어떤 격식도 차릴 생각이 없습니다. 물론 소인이 남긴 글이 세간에 알려지고 공개된다면 간악한 무리들은 이를 빌미로 그나마 남아 있는 제 목숨을 앗아갈 것입니다. 뿐입니까? 몰락한 저의 집안과 식솔들을 모조리 도륙할 것입니다.

하는 수 없습니다. 사제로 돌아와 몇 날 며칠을 목 놓아 울었는지 기억도 나지 않습니다. 목숨이 붙어 있을 뿐 사제의 일상은 이미 죽은 것이나 진배없기 때문입니다. 소인은 여자이고, 짐승이며, 여자와 짐승은 이 시대에서는 같은 뿌리인 까닭입니다.

전하, 부디 교지의 행간을 헤아리소서. 전하, 부디 간악하고 탐욕에 불타는 신하들과 환자들을 물리치시고 성군의 길을 도모하소서. 전하, 간언을 믿지 마시오며, 어떠한 근거도 없는 중상모략에 귀를 기울이지 마소서.

성질이 투기가 많고 대를 이을 자식이 없다고 하셨습니까? 억울하옵니다. 궁궐 여종들로 하여금 항상 남자를 사모하는 노래를 부르게 했다고 하셨습니까? 사실이 아니옵니다. 세자가 종학으로 옮겨 가 거처할 때에 몰래 시녀의 변소에 가서 벽 틈으로 엿보아 외간 사람들을 바라보았다고 하셨습니까? 오해입니다. 지난해 생신에 쓴 오래된 물건을 몰래 가져다가 새로 마련한 것처럼 속이고 세자께 바쳤다고 하셨습니까? 중상모략이옵니다. 궁중에 쓰는 물건과 음식물을 몰래 소인의 어머니께 보냈다고 하셨습니까? 말도 안 되는 추리요, 꾸며낸 이야기이옵니다.

무릇 추리란 무엇입니까? 알고 있는 것을 바탕으로 알

지 못하는 것을 미루어서 생각하는 것을 추리라고 하옵니
다. 소인에게 어명을 받들고 온 무리들 속에는 지난날 온
갖 재화를 들고 제 아버님의 집과 문턱을 넘다가 쫓겨난
이들이 섞여 있었습니다. 그 간악한 무리들은 무엄하게도
소인에게 냉소를 날리며 비웃었습니다. 그렇지만 그들이
알고 있는 것은 아무것도 없었습니다. 그 간악한 무리들
은 어떠한 진실도 알지 못한 채 추리를 일삼았습니다. 그
래서 그들의 추리는 모두 빗나간 것들이었습니다.

주상전하, 친히 사유를 물으시어 제가 모두 다 자복하
였다고 하셨습니까? 소인은 슬프고, 슬프고, 슬픕니다. 전
하마저 현실을 왜곡하고, 사실을 곡해하는 이유는 도대체
무엇입니까? 하여 이제야 소인은 사실을 모두 자복하려
하나이다. 하나도 숨김없이 낱낱이 밝히어 이 땅에 딸로
태어난 이들이 어떻게 살았으며, 이 땅에 여자로 자라난
이들이 어떻게 고통받고 스러졌는지 자복하려 하나이다.

주상전하, 소인은 눈물이 앞을 가립니다. 자애롭고 총
명한 성군께서 어쩌다 이렇게 성정을 잃으셨단 말입니
까? 인륜보다, 천륜보다 더 소중한 것은 무엇입니까? 일
련의 사건들은 소인이 규곤의 의칙을 어긴 것으로만 규정
할 일이 결코 아니며, 간언과 모함으로 세력을 얻고자 하

는 이들의 억측인 것입니다.

　소인은 이제 목숨을 걸고 교지에 적시한 것의 해명을 시작으로 저간의 사정을 밝히고자 합니다. 부디, 교지의 행간에 숨어 있는 진실을 헤아리소서.

　전하, 세상은 기억할 것입니다. 이 시대에는 짐승들도 누리는 사랑과 희망을 여자라는 이유만으로 거세당할 수밖에 없었다는 것을. 그리고 후세는 반드시 기억할 것입니다. 소인의 억울한 누명을. 아울러 전하께서도 반드시 기억하셔야 할 것으로 압니다. 전하께서도 여성의 몸을 빌려 이 땅에 태어났다는 것을.

제1장

궁중에 불어닥친
음습한 바람

중궁은 매우 성품이 유순하고

상감마마께서는 이렇게 말씀하셨습니다.

"근년 이후로 일이 성취되지 않음이 많아서 마음이 실로 편치 않았다. 요사이 또 한 가지 괴이한 일이 있는데 이를 말하는 것조차도 수치스럽다. 우리 조종 이래로 가법이 지극히 바로잡혔고, 내 몸에 미쳐서도 중궁의 내조에 힘입었다. 중궁은 매우 성품이 유순하고 언행이 훌륭하여 투기하는 마음이 없었으므로, 태종께서 매양 나뭇가지가 늘어져 아래에까지 미치는 덕이 있다고 칭찬하셨었다. 이런 까닭으로 가도가 지금에까지 이르도록 화목하였다.

25

정미년(세종 9년)에 세자가 나이 14세인데 유사가 '후사를 잇는 일이 중대하므로 빨리 배필을 세워야 될 것이라.' 한 까닭으로, 세족인 김 씨를 간택하여 빈으로 삼았으나 김 씨는 정말 어리석고 못나고 총명하지 못하여, 기유년(세종 11년)의 사건을 초래하였으므로 이를 폐하고."

상감마마!

숨을 쉰다고 다 살아 있는 것이겠습니까? 조석으로 음식을 먹는다 하여 다 살아 있는 것이겠습니까? 기유년에 휘빈마마를 그리 내치시고, 오늘에 이르러 소인을 이렇게 죽이시니 속이 시원하십니까?

감히 상감께 말씀을 드립니다. 소인은 죽지 않겠습니다. 오늘에 이르러 소인은 숨을 쉬어도 산 것이 아니지만, 조석으로 음식을 먹어도 산 것이 아니지만 소인은 죽지 않겠습니다. 휘빈마마께서는 폐출되고 스스로 목숨을 끊었지만 소인은 다릅니다. 결코 소인은 스스로 목숨을 끊지 않을 것이며, 기유년의 피맺힌 한과 오늘에 이르러 소인의 억울함을 세상에 낱낱이 알릴 것입니다.

중궁마마께서 매우 성품이 유순하고 언행이 훌륭하여 투기하는 마음이 없다고 하셨습니까? 태종께서 매양 나뭇가지가 늘어져 아래에까지 미치는 덕이 있다고 칭찬하셨다고요? 도대체 그 준거는 무엇입니까? 소인의 거처에 종을 보내어 아침부터 저녁까지 감시하시고, 종내에는 중궁마마께서 제게 말씀하셨습니다.

"네, 이년! 이 개돼지만도 못한 년! 당장 칼을 물고 죽지 못할까!"

상감마마, 중궁마마께서 성품이 유순하다고 하셨습니까? 언행이 훌륭하다고 말씀하셨습니까? 세간에는 과부의 마음은 과부가 잘 안다 하였습니다. 남자의 마음은 남자가 더 잘 알 것이고, 여자의 마음은 여자인 제가 더 잘 알 것입니다. 아직도 소인은 국모이신 중궁마마의 서슬 퍼런 악다구니와 차마 입에 담지 못할 욕지거리를 기억합니다. 그래도 언행이 훌륭하다시니 소인으로서는 할 말이 없습니다.

중궁마마께서 투기하는 마음이 없다고 하셨습니까? 상감마마, 진정으로 이 말을 믿으십니까? 궁궐에서는 투기하는 사람 중에 첫손으로 꼽는 이가 중궁마마라는 걸 진정 모르신단 말입니까?

어느 날이었습니다. 세자마마와 함께 소인이 중궁마마께 문안 인사를 갔을 때였습니다. 세자마마와 소인은 중궁전 앞에서 분명히 들었습니다.

"상감께서는 어찌 저리 철이 없으신가. 창피하시지도 않으신가. 내게 임질을 옮기시다니. 당장 어느 년인지 찾아내어 물고를 내고 말 것이야."

성병에 걸리신 중궁마마께서는 분명 그렇게 말씀하셨습니다. 저는 얼굴이 붉게 달아올랐고, 세자마마께서는 입술을 깨무셨습니다. 이것은 하늘을 우러러 사실입니다. 그때의 일을 세자마마께서도 분명히 기억하고 있을 것입니다. 중궁마마께서 투기하는 마음이 없다고 말씀하셨습니까? 천부당만부당입니다.

휘빈의 압승술

휘빈께서는 정말 어리석고 못나고 총명하지 못하여, 기유년의 사건을 초래하였다고 하셨습니다. 소인이 오늘날 이렇게 된 데에는 자애롭지 못하고, 늘 야단만 치시던 중궁마마께서도 한몫하셨지만 휘빈의 발자취가 제 앞을 가로막았기 때문입니다.

기유년에는 상감마마께서 근정전에 거둥하여 이렇게 말씀하셨습니다.

"대개 듣건대, 배필이 서로 만나는 것은 생민의 시초로서, 운수와 복조의 길고 짧음과 국가의 흥성함과 쇠잔함이 이에 달렸다고 한다. 옛날 주나라의 문왕이 세자로 있을 때에 착한 여인 사 씨를 얻어 배필을 삼으니, 저구가 서로 화답해 우는 것처럼 화순하고, 얌전한 덕행이 가지가 굽어 드리우듯 아랫사람들에게 미치는 어짊을 미루어 인지의 응보를 가져왔으며, 자손을 위한 좋은 계책을 남겼다고 한다. 아아, 아름답구나."

상감마마, 배필이 무엇입니까? 부부로서의 짝을 말합니다. 착한 여인이란 무엇입니까? 얌전한 덕행이라 정의하십니까? 그렇다면 배필이 서로 만나는 것은 생민의 시초로서, 운수와 복조의 길고 짧음과 국가의 흥성함과 쇠잔함이 이에 달렸다고 하시고서는 이에 맞는 것은 얌전히 덕행을 일삼고, 자손을 위한 좋은 계책을 남기는 것입니까? 좋은 배필은 착한 여인이고, 착한 여인은 얌전히 덕행만 따르는 사람이니 먹으라면 먹고, 벗으라면 벗고, 뛰어가라면 뛰어야 하니 개나 돼지와 무엇이 다릅니까?

상감께서는 계속 말씀하셨습니다.

"후세로 내려오면서 순후한 풍습은 점점 엷어지고 여자가 지켜야 할 훈계는 전하지 아니하게 되니, 후비와 빈어

중에는 간혹 남의 아내로서 마땅한 덕행은 생각지 아니하고 남편의 달콤한 사사로운 총애만을 다투어 바라는 이가 있게 되었다. 심한 자는 아양을 부리는 방법을 쓰며, 압승의 술법으로써 독점하려고 하다가 폐출되는 일을 재촉하게 된다. 여러 사적을 상고하여 보면 비록 침방 안의 말이라는 것은 대개가 애매한 것이 많으나 만약 정상과 증적이 드러나서 덮어 숨길 수 없는 자가 있다면, 이것은 다 제 자신이 그렇게 만든 것이니, 또 누구를 허물할 수 있겠는가. 우리의 조종은 가법이 매우 엄정하여 매양 내조의 공을 얻었다. 내가 전년에 세자를 책봉하고, 김 씨를 누대 명가의 딸이라고 하여 간택하여서 세자빈을 삼았더니, 뜻밖에도 김 씨가 미혹시키는 방법으로서 압승술을 쓴 단서가 발각되었다. 과인이 듣고 매우 놀라 즉시 궁인을 보내어 심문하게 하였더니, 김 씨가 대답하기를, '시녀 호초가 나에게 가르쳤습니다.' 하므로 곧 호초를 불러 들여 친히 그 사유를 물으니, 호초가 말하기를, '거년 겨울에 주빈께서 부인이 남자에게 사랑을 받는 술법을 묻기에 모른다고 대답하였으나, 주빈께서 강요하므로 비가 드디어 가르쳐 말하기를, 「남자가 좋아하는 부인의 신을 베어다가 불에 태워서 가루를 만들어 가지고 술에 타서 남자에게 마시게 하면, 내가 사랑을 받게 되고 저쪽 여자는 멀어져서 배척을 받는다 하오니, 효동·덕금 두 시녀의 신을 가지고 시험해 보는 것이 좋겠습니다.」 하였다.' 했는데, 〈효동·덕금〉 두 여인은 김 씨가 시기하는 자이다. 김 씨는 즉시 그 두 여인의 신을 가져다가 자기 손으로 베내어 스스로 가지고 있었다. 이렇게 하기를 세 번이나 하여 그 술법을 써 보고자 하였으나 그러한 틈을 얻지 못하였다고 한다.”

상감마마께서 말씀을 하신 바와 같이 휘빈께서 압승술을 썼다 하나 실행한 바가 없고, 아양을 부리는 것이 죄라 하나 세자마마를 지아비로 여겨 마음을 얻고자 노력하는 것이 어찌 도리에 어긋난다는 말씀이십니까?

상감마마, 겨울에 부녀자들이 나들이할 때 추위를 막으려고 머리에 쓰는 이엄을 보신 적이 있으십니까? 그것이 곧 아얌입니다. 아양을 떠는 것이 죄라 하셨습니까? 아양은 곧 아얌을 말하는 것이옵니다. 어린 시절, 소인은 여인들이 아얌을 쓰고 걸어가던 모습을 본 적이 있습니다. 그 모습을 잊을 수가 없습니다. 여인들이 걸어갈 때면 붉은 술과 비단 아얌드림이 하늘하늘 흔들리던 모습을 보았습니다. 오늘날 남의 시선이나 이목을 끌려고 하는 행동이나 말을 아양을 부린다고 하나, 그것이 죄라 하나 모르는 남정네에게도 아니고 지아비에게 아양을 부리는 것이 진정 죄란 말씀입니까?

상감마마께서는 다시 말씀하셨습니다.

"호초가 또 말하기를, '그 뒤에 주빈께서 다시 묻기를, 「그 밖에 또 무슨 술법이 있느냐」고 하기에 비가 또 가르쳐 말하기를, 「두 뱀이 교접할 때 흘린 정기를 수건으로 닦아서 차고 있으면, 반드시 남자의 사랑을 받는다」 하였습니다. 가르친 두 가지 술법의 전자는 박신의 버린 첩 중가이에게서 전해 들었고, 후자는 정효문의 기생첩 하봉래에게 전해 들었습니다.'라고 하였다. 또 세자궁에 순덕이라는 시녀가 있는데, 본래 김 씨의 집종이었다. 일찍이 김 씨의 약낭 속에 베어 넣은 가죽신의 껍질이 있는 것을 발견하고 괴이하게 여겨, 호초에게 보이며 말하기를, '우리 빈께 이런 짓을 하라고 가르친 자는 누구냐' 하고 즉시 그것을 꺼내어 감춰버렸다 한다. 과인은 이 말을 다 듣고 즉시 순덕을 불러다가 거듭 물으니 다시 다른 말이 없었으며, 또 말하기를, '비가 일찍이 주빈의 어머니 집에 가서 가죽신의 껍데기를 내보이고 이어 그 까닭을 말하였습니다. 그 가죽이 아직도 비에게 있습니다.' 하고, 꺼내어 바치는 것이었다. 이에 과인은 중궁과 같이 김 씨를 불러다가 친히 정상과 사유를 물으니 일일이 자복하였고, 베어낸 신의 가죽이 갖추어 있고 증언이 명백하여 전세의 애매하고 의사한 일에 견줄 것이 아니었다. 슬프다, 정말 이런 일이 있었구나. 아아, 세자를 정하고 그 배필을 간택한 것은 진실로 장차 종묘의 제사를 받들며, 남의 어머니로서의 궤범이 되어 만세의 큰 복조를 연장하려고 한 것이었다. 지금 김 씨가 세자빈이 되어 아직 두어 해도 못 되었는데, 그 꾀하는 것이 감히 요망하고 사특함이 이미 이와 같기에 이르렀으니, 오히려 어찌 그가 투기하는 마음이 없고 삼가고 화합하는 덕을 드러내며, 닭이 세 차례 울어 새벽이 되었다고 알리어 내조를 이룩하고, 종사의 상서를 불러들일 것을 바랄 수 있겠는가. 이러한 〈부덕한 자가 받드는 제사는〉 조종의 신령이 흠향하지 않을 것이며 왕궁 안에 용납할 수 없는 바이니, 도리대로 마땅히 폐출시켜야 할 것이다. 내 어찌 그대로 두어 둘 수 있겠는가. 이미 선덕 4년 7월 20일에 종묘에 고하고 김 씨를 폐빈하여 서인을 삼았으며, 책인을 회수하고 사삿집으로 쫓아 돌려보내어서 마침내 박행한 사람으로 하여금 우리의 가법을 더럽히지 못하게 하였다. 그의 비위를 맞추어 아첨하여 그로 하여금 죄에 빠지게 한 시녀 호초는 유사에 넘겨서 법과 형벌을 바르게 밝히도록 하였다. 생각건대, 이것은 상례에 벗어난 일로서 실로 국민들의 귀와 눈에 놀라움을 줄 것과 더욱 모든 관료들도 아직 그 일의 시말을 깊이 알지 못하는 것을 염려하기 때문에 이에 교서를 내려 알리노라."

상감마마, 휘빈이 비록 압승술에 관심을 보였다고는 하지만 실행한 적이 없고, 증인이 있다고는 하지만 강압적인 추궁 앞에서 누구라서 버틸 것이며, 물증이 있다고는 하지만 만들자고 마음만 먹으면 산인들 움직이지 못하겠습니까? 그리하여 폐출된 휘빈은 어찌 되었습니까? 스스로 목숨을 끊지 않았습니까? 모르셨습니까? 알고도 모른 척하신 겁니까? 이리 하실 일이 아니지요. 휘빈에게 그렇듯 소인에게 이리 하실 일이 아니지요. 차라리 누명을 쓴 그 자리에서 사약을 내리시는 것이 온당했습니다. 소인은 원통하고 분할 뿐입니다. 휘빈에게 그랬듯이 소인의 폐출은 부당하옵니다. 전하, 통촉하여 주옵소서.

카페 지스팟

접니다. 누구시더라? 《대한일보》 김형석 기잡니다. 내 핸

드폰 번호는 어떻게 알았어? 저를 뭘로 보세요. 뭘로 보긴…… 콧구멍으로 본다, 왜? 그나저나 다 읽으셨습니까? 뭘 다 읽어? 소설이요, 『거짓말쟁이들의 추리』요. 아, 그거? 다 읽으셨어요? 아니. 다 안 읽으셨다고요? 왜요? 줗도, 그게 무슨 소설이야. 재미가 없으신가요? 그게 소설이면 내가 쓰는 조서는 시다, 시! 그래도 그걸 읽으셔야 저랑 이번 사건을 풀 수 있는 추리가 가능하다니까요.

그 소설 돈 내고 보는 거야? 왜요? 돈 내고 보는 소설이면 소설을 그렇게 쓰면 안 되지. 왜요? 소설이라는 게 재미가 있어야지 그 따위로 써서는 돈 내고 보는 사람들에게는 도리가 아니야. 그렇게 재미가 없나요? 세종대왕이 교지인지 교서를 내린 것을 그대로 옮긴 것이더구만. 처음에는 그렇죠. 중궁이 중전을 말하는 건가? 그렇죠, 소헌왕후 심 씨를 말합니다. 그러면 휘빈이 첫 번째 세자빈이었던 김 씨를 말하는 거고? 맞습니다. 그러면 봉 씨는 뭐라 불렀지? 순빈이라 불렀죠, 일종의 호입니다.

여하튼 읽어보기는 하겠지만 내가 지금 소설 타령을 할 때가 아니야. 현장으로 출동을 해야 하거든. 홍대 쪽으로 가세요? 어, 그걸 어떻게 알아? 홍대에 있는 카페 '지스팟'에 가시는군요? 그, 그걸 어떻게 아냐고?

첫 번째 피해자인 술집 여자 이미자는 차가 없더군요. 두 번째 피해자 여성단체 간사 김지숙과 세 번째 피해자 신인 여배우 오찬란은 차가 있었어요. 그래서? 두 사람의 차에 있는 내비게이션을 살펴봤더니 홍대 앞에 있는 카페 지스팟이 나오더군요. 카페 주인도 만나봤겠군. 그럼요. 어떤 여자야? 카페 주인이 여자라는 건 어떻게 아셨어요? 척하면 착이고, 쿵하면 옆집에 호박 떨어지는 소리지. 대단하세요.

주인은 어떤 여자야? 생각보다 평범해요. 평범해? 네. 어떻게 평범해? 글쎄요, 카페 분위기는 좀 다르죠. 이를테면? 여자의 보지털이나 남자의 자지털을 가져오면 개당 맥주를 공짜로 준대요. 정말? 네. 그런데도 카페 주인이 평범하던가? 네, 생긴 것은 멀쩡해요. 이름은? 박지연. 나이는? 29세. 대학은? 무용과를 나왔더군요. 그러고 보니 허리는 무척 얇더군요. 그런데도 평범해? 네, 색기가 줄줄 흘러 남자나 여자를 잡아먹을 눈매가 있으리라 예상했는데 아니었어요.

그나저나 지스팟이 뭐야? 지스팟은 여성의 질구에서 약 3~4센티 정도 깊이 들어가면 질의 전방에 존재하는 동전 크기만 한 약간 튀어나온 부위죠. 클리토리스와 다른

가? 여성의 성감대라는 면에서는 같지만 분명히 다르죠. 달라? 손가락 한두 마디를 질에 넣어서 여성의 배 쪽으로 만져보면 오돌토돌한 게 만져질 겁니다. 만져본 것처럼 얘기하네. 지스팟의 경우 존재하지 않는 여성도 있고 모양도 다 다르다고 하더군요. 그래? 여성의 질 상방과 전방에는 방광이 존재하죠. 내가 어떻게 아냐고. 그래서 이 지스팟을 자극하면 여성의 방광이 자극받기도 합니다.

아무래도 그 여자가 위험하겠군. 누구요, 지스팟 주인 박지연이요? 응. 그렇지는 않을 것 같아요. 왜? 남자가 있어요. 얀마, 골키퍼가 있다고 골이 안 들어가냐? 보디빌딩하는 놈인데 덩치가 산만 해요. 그래? 항상 그놈이 그림자처럼 붙어 다니고, 곧 결혼한대요. 그래? 인터뷰할 때도 그놈이 붙어 있더군요. 이번 살인사건을 잘 아는 눈치예요. 아, 골치 아파. 왜요? 용의선상에 오른 놈들이 대충 300명은 되는 것 같아. 보디빌더까지 포함해서요? 그렇지.

유일한 단서

국과수에서 결과는 나왔나요? 무슨 결과? 부검이요. 누구 꺼? 왜 그러세요, 김지숙이요. 여성 피살자들에게 통상 발견되는 목 졸림의 흔적이 없더군. 김지숙이 발견되었을 때 등을 바닥에 대고 누워 있었다면서요. 맞아. 성폭력으로 살해당한 여성의 90퍼센트가 목 졸려 죽거든. 왜요? 힘이 약한 여성에게 쓰기 쉬운 방법이기 때문이지. 김지숙이 발견된 곳이 범행 현장이 아니라는 얘기네요. 맞아. 김지숙은 술집 여자 이미지나 신인 여배우 오찬란에 비해서 체구가 작잖아요. 그렇지. 김지숙은 등을 바닥에 대고 누워 있었지만 시반은 몸 앞쪽에 나 있었어. 시반이 뭐죠? 시신의 피부에 나타나는 자주색 반점을 말하지. 엎드려 있는 상태에서 죽음을 맞았다는 얘기네요. 똑똑하군. 죽인 다음에 시체에 칼부림을 했다는 얘긴가요? 내 생각에는 그래.

정액 반응은 당연히 없었겠지요? 그래, 정액 반응은 나타나지 않았지만, 가슴에서 남성의 타액이 발견됐어. 타액만 봐도 여성인지 남성인지 구분이 되나요? 그럼. 그게 지금으로서는 유일한 단서야, 유일한 단서. 그렇지만 범인이 꼭 남자일 필요는 없죠. 그게 무슨 말이야? 여자일 수도 있겠다는 생각이 들어요. 무, 무슨 근거로? 어쨌든 그 소설을 좀 끝까지 읽어보세요. 단서가 될 수도 있으니까요.

복날 늘어진 견공의 혀로 세자께서는

상감마마의 말씀은 이러하셨습니다.

"다시 봉 씨를 간택했는데, 뜻밖에도 세자가 친영한 이후로 금슬이 서로 좋지 못한 지가 몇 해나 되었다. 내가 중궁과 함께 상시 가르치고 타일러서, 그 후에는 조금 대하는 모양이 다르게 되었지마는, 침실의 일까지야 비록 부모일지라도 어찌 자식에게 다 가르칠 수 있겠는가. 생각하건대, 세자는 나라의 저부이므로 선대를 계승하는 도리로서는 후사를 두는 것보다 더 큰일이 없는데, 부부 관계가 이와 같았다. 또 어린 나이인데 또한 잉첩을 많이 둘수가 없으므로 근심한 지가 오래되었다. 시험 삼아 이러한 뜻을 가지고 허조에게 의논하였더니, 허조가 아뢰기를, '이것은 작은 일이 아닙니다. 어찌 조그만 혐의로 대체에 어두워서야 되겠습니까. 마땅히 명문집의 덕 있는 규수를 잘 골라 뽑아서, 궁액에 자리를 차지하게 하여, 후사 잇는 길을 넓히도록 꾀하는 일을 늦출 수는 없습니다.' 하였다."

여름밤은 속절없이 깊어만 갔습니다. 소인은 떨고, 떨고, 또 떨고 있었습니다. 머리끝에서 발끝까지 땀이 흐르고 있었습니다. 어둠 속에서 소인은 혼자였습니다. 아니 좌정하신 채 고개를 꺾고 계시던 세자께서는 이따금씩 깨어 깊은 한숨을 내쉬곤 하셨습니다. 첫날밤은 그렇게 속절없이 깊어만 갔던 것입니다.

그러다 문득 세자께서 고개를 드셨습니다. 그와 동시에 소인은 고개를 숙였습니다. 눈을 마주치지 않아도 소인은 알고 있었습니다. 세자의 눈이 이글이글 불타고 있다는 것을. 마음을 들여다보지 않아도 소인은 알고 있었습니다. 세자께서 욕망에 불타고 있다는 것을.

"절차 따위는 다 필요 없으니…… 딸꾹!…… 갓난아이처럼 모두 벗으라."

상에 놓인 술잔을 들어 단숨에 들이켠 세자께서 말씀하셨습니다. 세자께서는 너무도 취기가 깊어 자신이 무슨 말을 하는지도 모르는 것 같았습니다.

"……"

"과인을 능멸하려 드는가? 옷을 모두 벗으라 하지 않았소."

소인은 어떤 말도 할 수가 없었습니다. 새색시가 스스로 옷을 벗는다는 것은 어디서 들어본 적도 없었고, 상상도 해본 적이 없기 때문이었습니다. 고개를 들어 세자의 눈을 바라보았습니다. 세자의 눈은 매의 그것을 닮아 있었습니다. 그러나 매를 만난 병아리처럼 소인은 어찌할 수 없었습니다.

세자께서는 맹수처럼 제게 달려들었습니다. 세자께서는 절차 따위는 다 필요가 없으셨습니다. 족두리를 내려놓거나 비녀를 뽑을 새도 없이 소인의 치마 속으로 파고드셨습니다. 소인은 떨고, 또 떨었습니다. 소인은 땀을 흘리고, 또 흘렸습니다.

세자께서는 천을 걷어내시고, 어느새 그 누구도 들어선 적이 없는 계곡 앞에 당도하셨습니다. 다 자라지 못한 숲을 헤치시고 잠시 조그마한 동굴 앞에서 망설이셨습니다. 이윽고 세자께서는 견공이 되시기를 마다하지 않으셨습니다. 복날 늘어진 견공의 혀로 세자께서는 동굴의 입구를 거칠게 핥으시기 시작하셨습니다. 소인은 몸을 떨고 땀을 흘려야 했습니다. 더욱이 견공의 혀가 소인의 동굴로 함부로 진입하고 아래에서 위로 때로는 밖에서 안으로 뛰어들 때 소인은 어찌할 바를 몰랐습니다.

침실의 사건은 거기가 끝이 아니라 시작이었습니다. 옥체에 열이 오른 세자께서는 갓난아이처럼 옷을 모두 벗어버리고 벌거숭이가 되셨습니다. 그러곤 세자께서는 치마

를 걷어 올려 소인의 얼굴을 가리고 계곡을, 동굴을 유린
하셨습니다. 아픔과 놀람, 그리고 설렘이 모두 뒤죽박죽
이 되었을 때 소인은 알게 되었습니다. 계곡과 동굴이 무
엇에 의해 유린당하고 있는지를. 기둥이 아니라 손가락
이었습니다. 동굴 속을 파고든 것이 세자의 손가락이라는
것을 알아차린 것이었습니다. 그와 같은 대사는 본 적도
없거니와 들은 적도 없었습니다. 소인은 진정 죽고 싶었
습니다.

치마 속에 얼굴을 묻고 아픔과 놀람과 치욕 속에 누워
있을 때 세자께서는 거칠게 팔을 뻗어 소인을 엎드리게
하였습니다. 치마를 뒤집어쓰고 하체만 드러낸 채 엎드려
있어야 하는 소인은 무엇이었습니까? 세자빈이었습니까?
세간의 새색시였습니까? 아니옵니다. 짐승이었습니다. 개
였습니다.

세자께서는 하체만 드러낸 채 엎드려 있는 소인에게 다
가와 뜨거운 기둥을 삽입하셨습니다. 그러한 행위는 진정
개들의 것으로만 알았습니다. 그러한 체위는 진정 짐승의
것으로만 알았습니다. 소인은 죽고 싶었습니다. 소인은
진정 죽고만 싶었습니다. 부끄러움도 잠시였습니다. 기둥
을 삽입한 세자께서는 속으로 열을 세기도 전에 돌처럼

옥체가 굳어지셨습니다. 그러고는 옆으로 구르셨습니다.

상감마마, 소인은 무엇이었습니까? 세자빈이었습니까? 아니면 세간의 새색시였습니까? 아니었습니다. 소인은 짐 승이었고, 개였습니다. 소인은 진정 죽고 싶을 따름이었 습니다.

세자께서는 목 놓아 우셨습니다

날이 밝고 있었습니다. 여명 속에서 울려 퍼지던 수탉의 울음도 어느덧 잦아든 시각이었습니다. 빛은 어둠 속에서 납작 엎드려 있는 어린 소인의 가슴을 쿵쿵 울리며 다가 왔습니다. 갓 묘시를 지났을 터인데도 여름밤이라 그런지 어둠은 그렇게 도둑처럼 달아나버렸습니다.

"마마님!"

그제서야 여종 소쌍의 목소리가 현실적인 감각으로 소 인의 귀에 다가왔습니다.

"……"

"마마님, 소인 안으로 들겠사옵니다."

"……"

문이 열리자 사람보다 매미 소리와 개구리 울음소리가 먼저 쏟아져 들어왔습니다. 소쌍은 세숫물과 무명 수건을 들고 안으로 들어섰습니다. 소쌍은 그 자리에서 멈칫했습니다.

"마, 마마님…… 소인이 모두 처리하겠사오니 염려 놓으셔요."

소쌍은 울었습니다. 소인은 울지 않았습니다. 세자께서 분탕질을 하고 가신 곳에서 소인은 치마를 뒤집어쓴 채 하혈을 하고 있었습니다. 소쌍은 무명 수건에 물을 묻혀 소인의 몸을 닦으며 자꾸 울었습니다. 그러나 소인은 울지 않았습니다.

"마마님, 슬퍼 마시고 참으셔야 합니다. 몸과 마음이 아프셔도 참으셔야 하옵니다."

몇 번이고 소인을 위로하며 소쌍은 울었습니다. 그러나 소인은 결단코 울지 않았습니다.

상감마마, 세자께서 친영한 이후로 금슬이 서로 좋지 못하다 말씀하셨습니까? 상감마마께서 중궁마마와 함께 상시 가르치고 타일러서, 그 후에는 조금 대하는 모양이 다르게 되었다고 하셨습니까? 세자께서는 글을 늘 가까이 하시어 학문이 깊으시고, 말씀도 조용조용 하시어서 아랫것들에게 대하시는 품이 너그러우셨습니다. 그러나 소인을 대하는 품행은 처음과 끝이 같으셨습니다. 상감마마께서 나무라시면 세자께서는 마지못해 술에 취해 소인의 처소를 찾아오신 것은 맞습니다. 하오나 첫날밤이 그러하듯 소인은 치마를 뒤집어쓴 채…… 또다시 개가 돼야 했습니다.

"어허, 어느 안전이라고 고개를 든단 말이냐! 당장 머리를 처박지 못할까."

세자께서는 소인의 얼굴조차 보지 않으려 하셨습니다. 이유는 모릅니다. 도무지 알 수가 없습니다.

"세자마마, 소인을 사람으로 보소서. 소인을 사람으로 대하소서."

소인은 울면서 사정을 했습니다. 그러나 소용이 없었습니다. 세자께서는 짧은 시간에 욕망을 채우시고서 그 자리를 박차고 나가셨습니다. 한 번도, 단 한 번도 소인을 안아주신 적이 없습니다.

"내가 모를 줄 알아. 네년이 착한 휘빈을 내쫓았지? 네년이 휘빈을 죽게 만든 게야."

어느 날, 세자께서는 취중에 그렇게 소리를 지르셨습니다. 이내 상을 엎어버리시더니 세자께서는 소리 내어 우셨습니다. 가슴을 치시며 세자께서는 목 놓아 우셨습니다.

짭새와 오리발

이거 보이시죠? 이게 바로 여성의 보지털을 모아놓은 것입니다. 이건 남성의 자지털인가? 그런 셈이죠. 잘 구분이 안 가는데? 저도 잘 모르겠어요. 여기저기 걸어놓은 것들은 다 뭐야? 자위 기구들이죠. 잘 아시면서? 씨발, 알긴 내가 뭘 안다고 그래? 왜 흥분을 하고 그러세요? 그러나저러나 음부의 털을 내놓으면 맥주를 공짜로 준다는 게 정말이야? 네. 그럼 돈이 없으면 너나없이 빤스를 까 내리고 털만 뽑아주면 술을 실컷 얻어먹겠네? 뭐라고요? 공짜로 준다며? 그, 그래도 되겠죠. 그런데 그러고 싶으세요? 그러고 싶다, 왜?

어쨌든 이곳에 피해자 세 명이 왔다 간 것은 분명해요. 김 기자, 그런데 이건 짚고 넘어가자고. 뭘요? 피해자의 차에 설치된 내비게이션을 마음대로 뒤져보고, 경찰보다 앞서서 용의자를 취재하고 이거 어느 나라 법도야? 말씀을 드리려고 했는데 강 형사님이 전화를 안 받으셨잖아

요? 난 모르는 전화는 안 받아. 요새 사채 쓰세요? 뭐? 사
채 빚 때문에 전화를 안 받으시냐고요? 씨발놈이 좆통수
불고 자빠졌네. 이런 식으로 혼자 날뛰면 공무집행방해
혐의로 처넣을 거야. 앞으로는 꼭 보고를 드릴 테니 고정
하세요. 한 번만 더 따로 놀아봐, 그땐 정말 가만 안 둔다.

저도 드릴 말씀이 있습니다. 뭔데? 저기 앉아 있는 분
이 심 형사님이죠? 어떻게 알았어? 저기 앉아 있는 분은
누구세요? 강력계 김 형사야. 그렇군요. 근데 왜? 쪽팔리
지 않으세요? 뭐가? 꼭 저렇게 하셔야 해요? 뭐가 어쨌다
는 거냐고? 누가 봐도 경찰이라는 것을 알겠는데 저렇게
떡하니 앉아서 잠복근무를 하셔야 하냐고요. 티가 많이
나? 저건 잠복근무가 아니라 전시행정이죠. 여기 들어왔
다가 나간 사람들이 세 명이나 되는데 모르셨어요? 아, 알
았어. 나가라고 하면 되잖아.

저기 여주인이 나타났네요. 어디, 저 여자? 거기다가 삿
대질을 하시면 어떻게 해요. 내가 꿀릴 게 뭐가 있어. 아
참, 미치겠네. 누가 경찰더러 꿀린대요? 씨발, 여차하면
이 가게 문 닫게 하는 거 일도 아냐. 털 모아서 어디다 처
붙이려고 씨발 것들이. 수사를 하자는 거예요, 말자는 거
예요? 아, 잔소리할 것 없고 가서 좀 오라고 해. 물어볼 게

백 가지도 넘으니까.

또 오셨군요. 안녕하세요? 근데 옆에 계신 분은 짭새? 정확하시네요. 거 짭새 짭새 하니까 듣는 짭새 거북하네. 거 뭣 좀 물어보자고. 말이 짧으시네요? 내가 뭘 어쨌는데? 저도 어린애 아니니까 반말하지 마시라고요. 뭐야? 여기는 제 사업장이고요, 사장한테 반말하지 마시라고요. 아이고, 간덩이가 부으신 젊은 사장님일세. 잘 알아 모시겠습니다. 먼저, 사장님 이름이 어떻게 되십니까? 아실 텐데요? 뭐? 여기 김 기자님을 만나서 오셨다면 제 이름도 아실 거고, 나이도 아실 거고, 무용과를 나왔다는 것도 아실 거 아닙니까? 틀린가요?

아…… 강 형사님, 그만하시고 제가 몇 가지만 좀 여쭤보겠습니다. 도와주십시오. 뭔가요? 어제는 말씀을 드리지 못했는데 세 명의 여자가 실종이 된 게 아니라 모두 잔혹하게 살해되었습니다. 연쇄 살인인 셈이죠. 짐작하고 있었어요. 알고 있었다고? 네. 신문과 방송에 계속 보도가 되고 있었으니 짐작하셨겠지요. 맞아요. 몇 가지 물어봐도 되나요? 물어보세요. 이 건물에 주차장이 있나요, 안 보이던데? 있어요. 있어요? 네, 이 건물 뒤쪽에 다섯 대 정도 세울 수 있어요. 그래서 이 집의 임대료가 다른 곳보다 비싸요. 그러면 술집 여자 이미자는 차가 없고, 여성단체 간사 김지숙과 신인 여배우 오찬란이 주차장에 차를 댄 적이 있겠네요. 물론이죠. 술집 여자 이미자도 차를 댄 적이 있어요. 이미자가 차가 있다고요? 그럼요. 자기 앞으로 된 게 아닌 모양이에요. 전화만 하면 승용차가 항시 달려오더군요.

나도 좀 물어봅시다. 뭔가요? 피살자 세 명이 이곳을 출입했고, 이곳을 출입한 누군가가 또 죽을 수도 있어요. 그래서요? 이곳에서 대체 무슨 짓을 한 겁니까? 무슨 짓이라뇨? 여기서 무슨 일을 하기에 사람들이 죽어 나가느냐고? 여기서 무슨 짓을 해서 사람들이 죽은 것이라는 증거는 어디 있죠? 뭐야? 조사하면 다 나와! 조사는 하시구요, 저한테 반말은 하지 마세요. 아, 반말은 미안합니다. 그런데 이상하다 이 말이죠. 뭐가요? 여기는 보지털이나 자지털을 내놓으면 맥주를 공짜로 준다면서요? 그래서요? 팬티 까 내리고 털을 하나씩 뽑아주면 맥주를 얼마든지 먹을 수 있을 거 아닌가? 나도 한번 해볼까, 나는 털이 존나 많은데. 봤어요? 뭘 봐? 보지털 가져오면 맥주를 공짜로 주는 걸 봤냐고요? 보지는 못했지만 가져오면 준다며? 본 게 아니면 말하지 마세요. 짭새 앞이라고 이거 완전 오리발이네. 이런 퇴폐업소는 확 불 질러버려야 해. 야, 이 씨방새야! 뭐, 씨방새? 너, 지금 나한테 씨방새라고 했냐? 아, 아저씨 말로 합시다. 어, 넌 뭐야? 넌 뭐냐고?

82년생과 85년생

수사를 하자는 겁니까, 말자는 겁니까? 씨발년이 반말을 듣다가 뒈진 귀신이 붙었나 반말만 하면 개지랄이네. 피해자들을 가장 가까이서 만난 사람인데 그렇게 자극을 해서 돌아올 이익이 뭐가 있으세요? 못 봤어, 씨발년이 워낙 싸가지가 없잖아. 강 형사님도 참 젊으세요. 그만 일로 흥분을 하시고. 아이고, 손목 아파. 저 보디빌더 개새끼 손아귀가 제법이네. 힘 좀 쓰는 걸 보니 연쇄 살인범은 찾아다닐 필요도 없어. 바로 저 새끼야. 이제 나한테 죽었어, 씨발놈.

참, 김지숙의 직접적인 사인이 뭐였죠? 부검 결과 죽은 원인이 비구鼻口폐쇄성 질식사였어. 코가 막혀 죽었다는 얘기네요? 그렇지. 입 주위에 청색 테이프 자국이 있었거든. 범인들은 사람을 납치하면 제일 먼저 끈을 풀지 못하게 등 뒤로 손을 묶고, 그다음에는 소리를 지르지 못하게 테이프로 입을 틀어막거든. 그렇겠네요. 그런데 코가 막혀 죽었다는 건 이상하네요. 팔이 뒤로 꺾인 채 10분만 있어봐라. 성인 남자도 심장 박동이 크게 떨어져 이 사람아. 아, 그런가요? 그럼. 팔이 뒤로 꺾인 자세로 오랫동안 방치하면 코나 입 어느 하나만으로 숨 쉬는 것이 어려워 질식에 이를 수도 있어. 정말로요? 그렇다니까. 그런데 김지숙은 부딪친 흔적은 없지만 코에서 피가 흘렀고, 그 피가 비강을 막은 게 틀림없어. 죽은 걸 확인하고서 난자를 한 거고요? 그렇지. 왜 그랬을까요? 뭐가? 이미자와 오찬란은 처음부터 난자를 하고, 김지숙은 왜 겁탈을 했냐는 겁니다. 모르겠어. 아닌 게 아니라 골치가 아프네요.

일단 지스팟을 드나든 여성들의 명단을 만들어야겠어. 그래야겠죠. 김 기자가 그쪽을 맡아줘. 알았습니다. 한 가지 궁금한 게 있어. 뭔데요? 김지숙이 죽은 날 지스팟에 들른 건 사실이지만 차를 가져오지 않았어. 저도 압니다. 그래서 김지숙은 이번 연쇄 살인사건과는 직접적인 관계가 없는 것 같아. 맞아요, 모방 살인일 가능성이 커 보입니다. 내 생각이랑 같군. 여성이 난자를 당해 죽은 사건이 보도되니까 따라서 했을 가능성이 큰 거지. 맞습니다. 유일한 단서인 남성의 타액이 남아 있는 것도 이상했거든. 맞습니다. 더구나 김지숙은 택시를 이용하여 귀가를 시도한 것 같고 그 후로는 시체로 발견이 되었으니까요. 맞아. 지스팟 인근의 CCTV를 모두 뒤져보면 단서가 나올 거야. 옳은 말씀이십니다. 이럴 때 CCTV는 거의 구세주나 다름이 없더군요. 사람들이 인권을 운운하면서 CCTV 설치를 반대하는 걸 보면 피가 끓는다니까. 왜요? 우리나라에 CCTV가 몇 대나 되는 줄 알아? 글쎄요? 대충 400만 대가 넘는다니 범인을 잡는 데 정말 유용하다니까. 난 이 나라에 사람과 차가 다니는 곳에 CCTV를 모두 설치해야 한다고 봐. 아무 데나 오줌을 누다간 금방 들키겠네요.

그런데 지스팟 여주인의 놀라는 표정을 봤어. 언제요? 다짜고짜 지스팟에서 대체 무슨 짓을 하느냐고 물으니까 눈동자가 커지더라고. 아, 그래요? 강단이 있어 보이긴 한데 분명 놀라는 기색이었어. 아무래도 의심이 가는군요. 수색영장을 청구하라고 했으니까 아마 곧 떨어질 거야. 그러셨군요. 마지막으로 한 가지 물어봐도 되나요? 뭔데? 강 형사님, 몇 년생이세요? 왜, 나랑 맞먹게? 아뇨, 그냥 궁금해서요. 1982년생. 정말이요? 그래, 왜? 김 기자는 몇 년……생인데? 전, 85년생이요. 서른다섯? 예. 20대 후반

이 아니고? 네. 젊어 보이는데 졸라 처먹었네. 강 형사님
은 40대 중반으로 봤어요. 내가 겉늙기는 했지만 마음은
젊지. 근데 나이는 왜 물어? 그냥요. 나이 차이도 얼마 안
나는데 반말을 해서 꼽다, 이거야? 아니에요. 애들은 좋게
대해주면 상투 잡고 놀자고 덤빈다니까. 좆 까고 있네, 씨
발놈이.

한여름 매미가 우는 까닭

상감마마께서는 이렇게 말씀을 하셨습니다.

"이로 인하여 세 사람의 승휘를 뽑아 들였는데, 봉 씨는
성질이 시기하고 질투함이 심하여서, 처음에는 사랑을 독
차지 못한 일로 오랫동안 원망과 앙심을 품고 있다가, 권
승휘가 임신을 하게 되자, 봉 씨가 더욱 분개하고 원망하
여 항상 궁인에게 말하기를, '권 승휘가 아들을 두게 되면
우리들은 쫓겨나야 할 거야.' 하였고, 때로는 소리 내어 울
기도 하니, 그 소리가 궁중에까지 들리었다. 내가 중궁과
같이 봉 씨를 불러서 타이르기를, '네가 매우 어리석다. 네
가 세자의 빈이 되었는데도 아들이 없는데, 권 승휘가 다

행히 아들을 두게 되었으니, 인지상정으로서는 기뻐할 일인데도 도리어 원망하는 마음이 있다니, 또한 괴이하지 않는가.' 했으나, 봉 씨는 조금도 뉘우치는 기색이 없었다."

전하, 소인의 성질이 시기하고, 질투함이 심하다 하셨습니까? 세자마마의 사랑을 독차지하지 못하여 오랫동안 원망과 앙심을 품었다고 하셨습니까? 자애롭고 어진 상감마마께서 이렇게 말씀을 하셨다니 도저히 믿어지지 않습니다. 총명하시고 고정하신 상감마마께서 어쩌다가 눈과 귀를 빼앗기셨단 말입니까? 세자마마의 행동을 나무라시고, 소인을 위로하시며, 참으라 참으라 하셨거늘 도대체 누구의 말을 들으시고 이리 돌변하셨습니까?

돌아보면 짐승으로 산 세월이 일곱 해였습니다. 한여름 매미처럼 울어대는 사연들이 나뭇가지에 매달린 나뭇잎처럼 바람에 흔들렸습니다. 상감마마께서는 소인의 마음을 짐작이나 하시겠습니까? 소인은 골방이나 다름없는 곳에 방치된 채 일곱 해가 흘렀습니다. 그동안 세자저하께서 소인의 처소를 찾으신 횟수가 열 손가락으로 셀 수 있을 정도였습니다. 이것은 진정 사실이옵니다.

어느 날, 소인은 매미 소리를 들으며 여종 소쌍에게 물었습니다.

"매미가 우는 이유를 아느냐?"

"매미가 우는 것은 암컷을 유혹하기 위해서라고 합니다."

소인이 슬프고 외로울 때 늘 제 곁에 있는 것은 소쌍이었습니다. 소인이 아프고 괴로울 때 늘 제 곁에서 위로해 주는 사람은 세자마마가 아니옵고 소쌍이었습니다. 소인은 다시 물었습니다.

"그러면 매미는 수컷만 운단 말이냐?"

"그러하옵니다. 매미 소리는 수컷이 짝짓기를 하기 위해 암컷을 부르는 소리라고 들었습니다. 암컷 매미는 수컷 매미의 우는 소리가 클수록 더 관심을 갖는다고 합니다."

"그런 말을 누구에게 들었더냐?"

"단지에게 들었사옵⋯⋯."

소인은 귀를 의심하였습니다.

"단지라면 권 승휘의 사비인 단지를 말하는 것이냐?"

소인이 묻자 소쌍은 바닥에 엎드려 머리를 조아리며 말했습니다.

"순빈마마님, 죽을죄를 지었사옵니다. 소인은 그저 먼 거리에서 말만 주고받았습니다."

소인이 골방과 다름없는 곳에 처박혀 있다 한들 세자마마께서 권 승휘의 처소를 다녀가신 적이 있다는 소문을 어찌 모르겠습니까? 먼 옛날 소인과 더불어 후궁으로 동무처럼 만났거늘 어찌 권 승휘를 모르겠습니까? 기유년에 소인이 세자빈에 올랐다 하여 실수를 가장하여 소인의 발등을 밟고 지나간 권 승휘를 어찌 모르겠습니까?

그러나 소인은 소쌍이 권 승휘의 사비 따위와 말을 주고받았다고 해서 나무랄 생각이 추호도 없었습니다.

"매미가 우는 사연을 네가 직접 그 종놈에게 물었단 말이냐?"

"아, 아니옵니다. 소인이 세숫물을 들고 뛰어다니는데…… 그놈이 속절없이 다가와 매미가 왜 우는 줄 아느냐, 소리를 내어 우는 매미는 수컷이라는 걸 아느냐, 짝짓기를 하기 위해서라고……."

"그만…… 알았으니 물러가라."

"예, 마마님."

상감마마, 소인의 마음은 한여름에 귀가 따갑게 울어대는 매미 소리처럼 소란스러웠습니다. 세자마마께서 소인에게 행한 첫날밤이 떠올랐습니다. 더불어 소인의 처소를 찾으실 때마다 술잔을 거침없이 들이켜시고, 욕망을 불태우시던 기억이 생생하게 떠올랐습니다. 상감마마, 그래도 소인은 세자마마의 품이 그리웠습니다. 소인은 천생 여인이었습니다. 소인은 세자마마께서 가슴으로 안아주실 날을 기다렸습니다. 그러나 그런 날은 결코 오지 않았습니다.

소인은 세자마마께 무엇이었습니까? 소인은 세자마마의 배필이었습니까, 수컷의 욕망을 불태우는 암컷이었습니까? 소인은 나라의 저부이신 세자마마의 세자빈이었습니까, 몸을 파는 창기였습니까? 소인의 성질이 시기하고 질투함이 심하다 하셨습니까? 소인이 원망과 앙심을 품었다고 하셨습니까? 소인에게 휘빈마마를 내쫓고 죽게 한 자라고 말한 분은 세자마마셨습니다. 소인에게 원망과 앙심을 품었던 분은 바로 술에 취해 울부짖던 세자마마셨습니다. 상감마마, 소인은 과연 세자마마께 진정 무엇이었습니까?

간악한 자들의 추리

권 승휘가 임신을 하자, 소인이 더욱 분개하고 원망하여 항상 궁인에게 말하기를, 권 승휘가 아들을 두게 되면 우리들은 쫓겨나야 할 거라 하였고, 때로는 소리 내어 울기도 하니, 그 소리가 궁중에까지 들리셨다고 하셨습니까? 소인은 상감마마께옵서 이렇게 말씀하셨다는 것을 결코 믿지 않습니다. 분명 삿된 자들의 모함입니다. 이것은 결단코 거짓이옵니다. 상감마마께옵서는 소인의 말을 믿으셔야 하옵니다. 간악한 자들의 추리를 믿으시면 아니 되옵니다.

그 시절이 떠오릅니다. 소인이 세자빈이 된 지 두 해 만에 후궁에 불과했던 권 씨가 승휘에 봉해졌지요. 소인은 알고 있었습니다. 세자마마께서 권 승휘의 처소를 하루가 멀다 하고 찾는다는 것을. 소인은 알고 있었습니다. 마음이 가야 몸이 따라간다는 것을. 소인은 알고 있었습니다. 그것이 음양의 이치라는 것을. 소인은 알고 있었습니다. 세자마마의 마음을 돌이킬 수 없다는 것을.

어느 날, 소쌍이 호들갑을 떨며 달려와 고했습니다.

"순빈마마, 마른하늘에 날벼락이옵니다."

"무슨 일인가?"

"마마님, 권 승휘께서 회임을 하셨다고 합니다. 어쩌면 좋아요?"

"……"

소쌍은 훌쩍거렸지만 소인은 아무 말도 하지 않았습니다. 소인은 예상한 일이었고, 당연한 일이었고, 결코 분개하거나 원망하지 않았습니다. 정말입니다. 소인은 그때 모든 것을 포기하고 있었습니다. 그렇게 흘러온 두 해의 세월은 모든 것을 포기하기에 충분한 기간이었으니까요. 소인은 결단코 소리 내어 울거나 누군가를 원망할 기력도 남아 있지 않았습니다.

그때 궁중에서 사람이 당도하여 고했습니다.

"순빈마마, 상감마마께옵서 찾아 계시옵니다."

소인은 지체 없이 대답했습니다.

"기다리시게."

그런데 소쌍은 처지가 서러웠는지 자꾸 훌쩍거렸습니다. 듣는 이가 소인이 소리 내어 운다고 망언을 고했는지 알 수는 없었으나 소인은 결코 울 기력도 남아 있지 않았고, 모든 것을 포기하고 있었습니다. 소인이 소리 내어 울기도 하니, 그 소리가 궁중에까지 들리셨다고 하셨습니까? 대궐이 일반 백성의 앞마당도 아니고, 소쌍의 훌쩍거림이 소인의 울음이 되어 궁중에까지 들리셨다니 상감마마께서는 진정 그 말을 믿으신단 말입니까?

어쨌거나 상감마마께서는 제게 말씀하셨습니다.

"순빈이 슬퍼 울고 있다는 전갈이 있었다. 울었더냐?"

"그런 일은 없었사옵니다."

그때 중궁마마께옵서 말씀하셨습니다.

"권 승휘가 회임을 했다는 말을 전해 듣고 슬프게 울었다는데 그게 사실이냔 말이다."

"아니옵니다. 권 승휘가 회임을 했다면 소인에게도 경사이옵니다."

그때 상감마마께옵서 다시 말씀을 하셨습니다.

"그래. 세자는 나라의 저부이거늘 선대를 계승하는 도리로서는 후사를 두는 것보다 더 큰일이 없도다. 권 승휘의 회임은 이 나라의 경사다."

"알겠사옵니다."

희망이 없는 삶이 무슨 의미가 있겠습니까? 세자마마의 은덕이 없는 삶이 소인에게 무슨 소용이 있단 말입니까? 소인이라고 해서 그 옛날 휘빈마마께서 행했다는 압승술을 몰랐겠습니까? 소인이 어찌 세자마마의 총애를 받는 권 승휘의 신발을 태워 그 가루를 남자에게 마시게 하여 화복을 누르는 법이 있다는 것을 몰랐겠습니까? 소인이 어찌 뱀이 교접할 때 흘린 정기를 닦은 수건을 몸에 지니면 화복을 누를 수 있다는 것을 몰랐겠습니까? 그런 상념에 빠진 소인의 표정은 어두웠을 것입니다.

그러자 소인의 표정을 살피시던 중궁마마께서 다시 말씀하셨습니다.

"빈이 책봉된 지가 두 해가 지나도 소식이 없어 노심초사했거늘 이 얼마나 경사인가. 순빈은 말이나 몸가짐을 신중하게 해야 할 것이야."

"명심하겠사옵니다."

이날의 일은 이것이 전부였습니다. 그런데도 상감마마께옵서는 그날의 일을 이렇게 말씀하셨습니까?

'네가 매우 어리석다. 네가 세자의 빈이 되었는데도 아들이 없는데, 권 승휘가 다행히 아들을 두게 되었으니, 인지상정으로서는 기뻐할 일인데도 도리어 원망하는 마음이 있다니, 또한 괴이하지 않은가, 했으나, 봉 씨는 조금도 뉘우치는 기색이 없었다.'

도대체 이 말은 누가 만들어낸 것입니까? 상감마마, 그리고 중궁마마! 소인이 적은 글이 틀렸습니까? 진정 틀렸습니까?

CCTV의 힘

여성단체 간사 김지숙을 살해한 범인이 잡혔다면서요? 맞아, 김지숙이 살해를 당한 지 5일 만에 잡았으니 반장님이 좋아서 싱글벙글이야. 아직 두 건이 남은 셈이네요. 그렇지. 범인은 역시 택시운전사였더군요. 그래, 자기 집에서 순순히 수갑을 받더군. 그 새끼 성폭행 전과가 두 번이나 있었어. 결정적인 단서는 역시 CCTV? 씨발놈이 오냐오냐 하니까 말이 짧아지네. 그래, CCTV가 한 건 했다.

우리의 추리가 맞아떨어졌군요. 뭐? 우리? 야, 말은 똑바로 하자. 우리라니? 내가 추리한 거잖아? 저야 기사만 쓰면 되니까 아무려면 어때요. CCTV에 걸려들었군요? 제대로 걸려들었지. CCTV를 검색하느라 눈깔이 빠지는 줄 알았다. 상황 좀 설명해주세요. 크큭. 우리 반장님 말씀이 꼬부랑자지가 제 발등에 오줌을 깔긴다고 하더라. 명언이라니까. 무슨 뜻이에요, 그게? 기자라는 새끼가 무식해 가지고 자업자득이라는 뜻이지 뭐야? 어쨌든 기사 마감시간 다가오니까 빨리 얘기 좀 해주세요.

우선 지스팟 맞은편 건물 옥상에 CCTV가 있었어. 김지숙이 지스팟을 나오자마자 주황색 승용차에 올라타는 장면이 짧은 시간에 잡혔지. 택시였겠네요. 그렇지. 번호판은 보이지 않았지만 지붕 위에 택시 표지가 붙어 있었거든. 김지숙의 집이 중계동이라고 했죠? 응. 그런데 사체는 구리시와 망우리 경계에 버렸잖아요? 맞아. 그 씨발놈이 20미터만 더 갔어도 우리 관할이 아니었지. 반장님 말대로라면 강 건너 시아비 좆이 되는 거였어. 그래서요? 그 새끼가 사체를 망우리 공동묘지 인근에 버릴 생각이었던 모양인데 그곳도 옛날 같지 않아서 새벽 운동 하는 사람들이 많거든. 쭉쭉 얘기 좀 해주세요.

김지숙이 홍대 앞 지스팟을 나간 시간은 새벽 2시 5분쯤이었어. 중계동으로 가자면 크게 세 가지 길이 있지. 첫째는 내부순환도로를 타고 가다가 북부간선도로로 갈아타고 동부간선도로로 해서 가는 것이고, 두 번째는 강변도로를 타고 가다가 동부간선도로를 타는 것인데 아무래도 가장 가까운 길은 첫 번째지. 세 번째는 뭐냐고? 신호 다 받아가면서 시내 중심을 가로질러 가는 건데 너 같으면 그쪽으로 가겠냐? 썹도 해야 되는데 그쪽으로 가겠냐고? 어쨌든 택시를 몰고 갔을 것으로 추정되는 첫 번째와 두 번째 길에 설치된 CCTV 검색은 중도에 포기했지. 왜냐고? 거의 1분당 주황색 택시가 두세 대는 지나가더라. 우리나라에 주황색 택시가 그렇게 많은지 태어나서 처음 알았다니까.

그래서 건너뛰고 망우리 인근 사체를 버린 현장에 있는 CCTV를 뒤졌지. 놀랍게도 현장 맞은편에 오래된 2층

짜리 한옥이 하나 있었는데 철거를 할 예정이었다고 하더라. 흉가라서 하도 사람들이 쓰레기를 버려대니까 범인을 잡으려고 몰래 설치한 CCTV가 있었는데 거기에 떡하니 걸려든 거야. 홍대 앞에 있는 CCTV는 공공용이고, 흉가 앞에 설치된 CCTV는 민간용이니까 민관 합동작전의 결과라고나 할까? 크큭. 택시를 세우고 이미 사체가 된 김지숙을 버린 뒤 황급히 달아나는 장면이 고스란히 잡혔지. 물론 번호판도 선명했고.

뭐? 어디서 어떻게 죽였냐고? 그게 또 웃겨요. 이 새끼가 꼬부랑자지라 제 발등에 오줌을 깔겼다니까. 우리가 내부순환도로하고 강변도로의 CCTV를 포기한 것이 잘한 것이라니까. 이 새끼가 술에 취해 잠든 김지숙을 처음부터 안산 인근의 야산까지 끌고 갔더라고. 준비한 끈으로 손을 뒤로 묶고 입에는 청테이프를 붙인 거라. 그런데 씹을 하고 보니까 김지숙이 코피를 흘리며 죽어 있는 거라. 그 상황에서 우리한테 걸렸으면 과실치사로 끝날지도 모르는 일이었지.

그런데 이 새끼가 얼마 전에 난자를 당한 여자가 버려진 채 사체로 발견됐다는 방송을 들은 게 기억이 났나봐. 그래서 자신의 범행을 연쇄 살인으로 몰고 가면 좋겠다고 판단을 한 거지. 갖고 있던 등산용 칼로 김지숙을 난자한 다음에 마대에 넣어 서울로 올라와버렸다니 그런 멍청한 놈이 어디 있냐고.

더 충격적인 게 있어. 오전에 국과수에서 전화가 왔는데 이 새끼 DNA가 미제사건 두 건의 용의자 DNA와 일치한다는 거야. 그래서 일타 쓰리피가 됐다는 거 아니냐. 이 정도면 특종이지? 그래, 안 그래?

제2장

천륜을 어찌 하오리까

늙고 교활한 여종의 말은 달았으니

상감마마께서 이렇게 말씀을 하셨다고 들었습니다.

"이보다 먼저 세자의 유모가 항상 궁내의 일을 맡아보
았는데, 유모가 죽자 중궁이 또 늙은 여종을 뽑아 보내어
이 일을 대신 맡게 하였다. 그 여종은 평소부터 순실하고
근신하며 말이 적은 사람인데, 빈에게 말하여 세자의 의
복·신·띠 등의 물건을 몰래 자기 아버지 집에 보내고, 또
속옷·적삼·말군[裩] 등을 여자 의복으로 고쳐 만들어 그
어머니에게 보냈었다. 나는 그가 어버이를 위한 것이라
하여 책망하지 아니하고, 다만 세자의 속옷 따위로 어버

이의 의복을 할 수 없다는 것만 꾸짖었을 뿐이었다."

상감마마의 말씀처럼 세자마마의 유모가 생명을 다하여 이 세상을 떠난 것은 사실이옵니다. 소인도 소인이려니와 세자마마께서 상심이 크셨던 것으로 압니다. 갓난아이 적부터 몸과 마음을 기댔던 유모이기에 세자마마의 상심은 바닥을 알 수 없는 뿌리를 내렸습니다. 학문이 깊으신 세자마마께서 책을 마다하고 매일 거르지 않고 술을 드신 것만 보아도 그 슬픔은 짐작하고도 남습니다.

하여 소인은 생각했습니다. 여인의 삶이, 궁인의 삶이 속절없구나. 소인이 죽어도 세자마마께서 저리 슬퍼하실까. 소인은 생각했습니다. 세자마마의 사랑을 받지 못할 바에야 이 몸이 죽어서 그리움이 될까나. 여인의 삶은, 궁인의 삶은 죽어서나 하늘을 날고, 땅 위를 달리며, 물속을 헤엄칠 수 있는 것이로구나.

중궁마마께서 다시 늙은 여종을 뽑아 세자마마를 보필하게 하신 것도 맞습니다. 그 이후로는 하나도 맞는 말이 아니옵니다. 상감마마께서 말씀하신 이 내용이 어찌하여 소인의 허물을 말하는 것인지 도무지 이해할 수가 없습니다.

그 여종은 평소부터 순실하고 근신하며 말이 적은 사람이라고 하셨습니까? 아니옵니다. 그 여종은 순직하고 참

된 것이 아니라 늙기는 하였지만 교활하고 삿되며 말이 많은 여종이었습니다.

어느 날, 그 여종이 소인을 찾아와 말했습니다.

"순빈마마, 청이 있사옵니다."

"내게 청이 있다고 했는가?"

"예, 마마."

"지근거리에서 세자마마를 모셔야 할 자가 왜 내게 청을 넣는가?"

"세자마마의 마음을 사로잡는 방도를 알려드리겠습니다."

"네, 이년! 어느 안전이라고 압승술 따위를 입에 올리려는가? 당장 물러가지 못할까?"

"소인은 압승술 따위에는 관심이 없습니다. 원하신다면 직접적인 방법을 알려드리겠습니다."

"……"

소인은 아무 말도 할 수가 없었습니다. 권 승휘의 처소에 하루가 멀다 하고 들른다 하니 세자마마께 서운했기 때문이었습니다. 세자마마의 사랑을 받지 못할 바에야 차라리 죽는 것이 낫겠다는 생각이 파도처럼 밀려왔기 때문입니다.

"방도를 말해보게."

"……"

"왜 그러는가?"

"세자마마께서 권 승휘 처소에 하루가 멀다 하고 들르는 이유는 교합술에 있습니다."

"남녀 간의 교접술을 말하는 것이냐?"

"그러하옵니다. 그 기술을 연마토록 소인이 돕겠습니다."

"……"

소인은 몸이 떨렸습니다. 늙고 교활한 여종은 말을 이었습니다.

"소인은 늙고 지쳤습니다. 어느 날, 세자마마의 유모처럼 궁에서 세상을 마감하고 싶지 않습니다."

"그래서 원하는 게 무엇인가?"

"궁중의 물품을 조금만 취하겠습니다. 소인과 관련된 잡음이 있거들랑 잘 모른다고만 해주십시오."

소인은 전율할 수밖에 없었습니다. 소인은 죽고 싶었고, 세자마마의 사랑을 받을 수 없다면 차라리 죽는 게 나을 것이라고 생각했습니다. 그다음의 일은 소인도 아는 바가 많지 않습니다. 진실은 이러하옵니다.

그런데 세자마마의 의복이나 신이나, 띠를 몰래 자기 아버지 집에 보냈다는 것은 소인이 소인의 아비 봉려에게 보냈다는 것입니까, 여종이 자신의 아비에게 보냈다는 것입니까? 아울러 세자마마의 속옷이나 적삼이나 말군을 여자 의복으로 고쳐 만들어 그 어머니에게 보냈었다는 것이 누구를 말하는 것이옵니까? 소인이 소인의 어미에게 보냈다는 것입니까, 여종이 여종의 어미에게 보냈다는 것입니까?

그 여종이 소인에게 허락을 받아 세자마마의 의복을 자신의 아비에게 보내고, 세자마마의 속옷을 여자 의복으로 고쳐 자신의 어미에게 보냈다는 것입니까? 이 말은 결코 진실이 아닙니다. 그 여종은 이미 늙어 아비도 어미도 세상을 떠난 후였기 때문입니다. 이는 필시 소인과 소인의 아비 봉려를 모함하고자 모리배들이 꾸며낸 단적인 예라 할 것입니다.

소인은 알지도 못했지만 상감마마께서는 그 늙은 여종이 궁중의 물품을 편취한 것이 어버이를 위한 것이라 하여 책망하지 아니하고, 다만 세자의 속옷 따위로 어버이의 의복을 할 수 없다는 것만 꾸짖었을 뿐이었다고 말씀하셨습니까? 소인은 결단코 모르는 일이었습니다. 그 늙은 여종이 무슨 일이 일어나도 모르는 일이라고 말하라 했고, 실제로도 모르는 일이었습니다. 소인의 말은 진실이옵니다. 믿어주시옵소서.

수사를 중단하라

수사를 중단한다니 그게 무슨 말입니까? 그렇게 됐어. 아
니, 그 이유가 뭐예요? 범인이 잡혔으니 끝내라는 것이지.
무슨 말씀을 하시는 겁니까? 세 건의 연쇄 살인에서 김지
숙을 살해한 택시운전사만 잡혔잖아요? 아니지, 미제사건
두 건을 포함하면 다섯 건 중에서 세 건을 해결한 셈이지.
어쨌든 이미자와 오찬란의 범인은 못 잡았잖아요. 그런데
왜 수사를 중단한다는 겁니까? 수법으로 보나 전례로 보
나 연쇄 살인의 범인이 택시운전사라는 얘기지. 뭐, 뭐라고
요? 그러면 다른 연쇄 살인도 택시운전사에게 다 뒤집어씌
우겠다는 겁니까? 근데 이런 호래자식이 다 있나. 야, 씨발
놈아! 지금 어디서 고자 좆 자랑하냐? 떠들고 지랄이야.

　강 형사님, 진정하시고 제 말 좀 들어보세요. 지금 상황
이 그렇잖아요. 경찰들 고생하시는 것은 알겠는데 냉정하
게 보시면 이미자와 오찬란은 수법이 다르잖아요. 살해
수법이 다르단 말입니다. 범인이 따로 있다는 얘기죠. 나

도 알아, 씨발아. 그런데 왜 수사를 종결합니까? 우리만 문제가 있는 게 아니라 신문도 방송도 문제가 있다니까. 그건 또 무슨 말이세요? 좆도 모르면 제발 가만히 좀 있어. 방송에서 신문에서 좆나 떠들어대는 바람에 연쇄 살인이 해외토픽에도 나왔다고 하더라고. 그게 무슨 문제라도 됩니까? 위쪽에서는 국제적으로 망신을 당했으니 빨리 끝내라는 거지 뭐겠어. 이 말을 기사에 쓰면 넌 나한테 죽는다.

정말 미치겠군요. 나라 망신이니 범인이 잡히거나 말거나 수사를 종결하라는 얘기네요. 근데 말을 해도 꼭 뭐 같이 얘기한다. 나더러 뭘 어쩌라는 얘기야? 수사를 중단하는 것처럼 발표하고 은밀히 내사를 하자는 거죠. 허 참, 애 낳는데 씹하잔 소리네. 이미자나 오찬란의 몸에서 분명 정액이나 타액이 나온 건 아니죠? 내가 직접 그년들 보지도 열어봤는데 깨끗하다니까. 성폭행 흔적은 전혀 없다는 얘기네요. 그렇다고 걔네들이 처녀였겠냐? 계집치고 보지 속에 손가락 안 넣어본 계집이 있겠냐고.

이메일을 복사해 온 건데 이것 좀 읽어보실래요? 이게 누구 것인데? 배우 오찬란이 죽기 전에 박지연에게 보내온 겁니다. 박지연이 누구지? 지스팟 여주인이요. 아 참,

그렇지. 무슨 내용인데? 읽어보시라니까요. 씨발, 재미도 없는 소설을 읽으라고 하지 않나, 이제 남의 편지까지 읽으라고 지랄이야. 반장님 말씀이 오래 살다 보면 고손자 좆 패는 꼴을 본다더니 내가 그 짝이야.

　언니!
　지스팟에서 만난 사람들은 내 인생 최고의 행운이야. 정말이야.
　한 달에 한 번씩 소설『거짓말쟁이들의 추리』를 낭독하면서 왜 이 땅의 여성들이 절대권력 앞에서 사라질 수밖에 없었는지, 왜 그 당시 여성들의 삶은 수컷들에 의해서 무력화될 수밖에 없었는지 분명히 알게 되었어.
　언니!
　소설 이어쓰기를 해보면서 난 정말 사라졌던 희망을 찾게 되었어. 그 당시에 화를 내서 미안했지만 언니와 김 선생님의 지적이 전적으로 옳아. 내가 쓴「복날 늘어진 견공의 혀로 세자께서는」은 내 경험을 바탕으로 쓴 거야. 어린 날, 치마를 뒤집어쓰고 그 새끼에게 당한 걸 생각하면 눈에서 피눈물이 나지만 소설을 쓰고 나니까 속은 편하더라.

「세자께서는 목 놓아 우셨습니다」를 쓴 언니는 누구야? 알면 안 된다는 걸 알지만 참 궁금해. 그 언니는 교양도 있어 보이고, 공부도 많이 한 사람 같았어.

아무튼 언니와 함께 보낸 그 밤은 평생 잊지 못할 거야. 언니의 혀는 농담이 아니라 내 성감대를 찾아내는 금속 탐지기 같다고나 할까? 깔깔깔!

언니!

나 많이 좋아졌어. 죽고 싶다는 생각도 사라졌고, 그 새끼를 반드시 죽이겠다는 생각도 없어졌으니까.

목요일에 만나요.

사랑해, 언니.

뭐야, 소설 이어쓰기는 뭐지? 소설 『거짓말쟁이들의 추리』는 한 사람이 쓴 게 아니라는 얘기죠. 여러 사람이 나누어서 썼단 얘긴가? 그렇죠. 전체적인 줄거리나 구성은 『조선왕조실록』에 기록된 자료를 근거로 삼고 한 사람씩 나누어서 장편소설을 완성하고 있었던 것이죠. 어쩐지 이상하더라니. 이상한 게 있어? 네. 뭔데? 소설을 다 보지 못하셨어요? 내가 좆나 바쁘잖아, 씨발아. 소설이 사이트에 연재되고 있었는데 완결된 게 아니거든요. 아, 그래? 좀 읽어보세요. 알았어, 알았다고.

그나저나 메일에 나온 상황을 보니까 사람들이 한 달에 한 번씩 모여서 낭독회를 하고 있었네. 맞아요. 자신이 써온 것을 읽고 그날 모인 사람들과 품평을 했던 모양이에요. 그럼 여기 등장하는 김 선생은 누구야? 저도 모르죠. 몰라? 몰라요. 그럼 이메일은 누구한테 얻은 건데? 누구긴 누구겠어요. 박지연이죠. 아, 그래? 자신에게 보내온 메일을 왜 당신에게 제보를 했을까? 경찰인 나에게 말하지 않고. 글쎄요? 그건 강 형사님이 잘 아실 것 같은데요? 뭐라고, 씨발아? 가만 보면 강 형사님은 욕을 좆나리 잘하셔. 어쭈구리?

아무튼 「세자께서는 목 놓아 우셨습니다」를 쓴 사람은 아무래도 김지숙 같아요. 내 생각도 그래. 그러고 보니 예상은 했지만 박지연이라는 여자가 양성애자였구만? 그럴 공산이 크네요. 레즈비언만은 아닌 건 확실하니까. 왜 그런 추리를 해? 말씀드렸잖아요, 박지연 그 여자 연하인 보디빌더하고 결혼할 거라고. 아, 그랬나? 그 근육 덩어리가 연하야? 그렇다네요. 너…… 수상한데? 뭐가요? 너…… 그년 먹었지? 그건 또 무슨 말이에요? 그년이 너한테 숨기는 게 없어. 신상 정보는 물론이고, 이메일까지 넘기는 의도가 뭐냔 말이지. 괜히 생사람 잡지 마세요.

그래서 수사를 중단하실 건가요? 내가 미쳤냐? 무슨 말씀이세요? 내가 명색이 특별수사팀 경찰인데 중단을 하겠냐고? 정말이세요? 허튼소리 그만하고 몇 가지를 점검해보자고. 말씀해보세요. 지스팟에서는 한 달에 한 번 조꺼튼 소설의 낭독회를 하고 있어. 그렇죠. 거기에 모인 사람들은 어쨌거나 서로의 신분을 알 수 없는 것 같아. 맞아요, 서로의 신분을 숨기고 있는 것 같아요. 그러면 모임에 참석한 사람과 그 연재소설을 쓴 사람들은 1차적으로 범행의 대상들이란 얘기지. 맞습니다. 박지연도 조사를 해봐야겠지만 김 선생이란 사람을 찾아야 해. 왜냐? 피살자를 만난 사람이니까. 옳으신 말씀이십니다. 참, 그 보디빌더 새끼 성씨가 뭐야? 서 씨요. 아, 그러면 최소한 그놈은 아니네. 그렇죠. 쉽지는 않겠지만 지스팟에 대한 수색영장을 다시 발급받아야겠군. 그런 셈이네요. 훌륭한 추리라고나 할까. 그런데 한 가지 아셔야 할 게 있어요. 뭔데? 박지연과 오찬란은 자매지간이에요. 뭐라고? 정말이야? 그렇다니까요. 근데 왜 성이 달라? 배우라 가명을 쓰고 있나? 한 사람은 일반인이고 한 사람은 배우지만 배다른 자매라는 얘기죠. 복잡하네, 좆도.

달빛이 머무는 곳은 어디신가

상감마마께서 이렇게 말씀을 하셨다고 들었습니다.

"그 후에 또 세자에게 항상 가르치기를, '비록 여러 승
휘가 있지마는, 어찌 정적에서 아들을 두는 것만큼 귀할
수가 있겠느냐. 정적을 물리쳐 멀리 할 수는 없느니라.'
하였다. 이때부터 세자가 조금 우대하는 예절을 보였는
데, 그 후에 봉 씨가 스스로 말하기를, '태기가 있다.' 하
여, 궁중에서 모두 기뻐하였다. 그가 혹시 놀람이 있을까
염려하여 중궁으로 옮겨 들어와서 조용히 거처한 지가 한
달 남짓했는데, 어느 날 봉 씨가 또 스스로 말하기를, '낙
태를 하였다.'고 하면서, '단단한 물건이 형체를 이루어 나
왔는데 지금 이불 속에 있다.'고 하므로, 늙은 궁궐 여종
으로 하여금 가서 이를 보게 했으나, 이불 속에는 아무것
도 보이는 것이 없었으니, 그가 말한 '임신했다.'는 것은
거짓말이었다."

아무리 기다려도 오지 않는 사람을 기다리는 고통을 아

시는지요. 새가 울면 임이 오시는가, 곤충이 울다 멈추면 임이 오시는가, 궁녀와 시녀들의 발걸음이라는 것을 알면서도 혹시 임이 오시는가, 먼저 가슴이 놀라 쿵쿵거리는 고통을 아시는지요. 하루 종일 이고 있던 어여머리와 떠구지를 내려놓고, 당의를 벗고 평상복으로 누우면 눈물은 추적추적 끝없이 베갯잇을 적셨지요. 그때마다 어김없이 찾아온 것은 임이 아니라 달빛이었지요.

하루가 가고 열흘이 가고, 다시 한 달이 가고, 1년이 가며, 다시 모질게 세월이 흘러 3년이 지나면 임이 오시려나. 임은 아니 오셨습니다. 임은 결코 오지 않으셨습니다. 임 향한 마음은 달빛처럼 흐려졌고, 돌처럼 굳어질 수밖에요. 임의 몸과 마음이 다른 곳에 달빛처럼 흐를 때 소인의 몸과 마음은 딱딱해질 수밖에요. 무정한 세월이야 야속하지만 무정한 마음이야 어쩔 수 없는 노릇이었지요. 아무리 기다려도 오지 않는 임을 기다리는 고통을 아셨는지요.

아랫것들은 참으로 매정하였습니다. 여종 소쌍이 그러하였습니다. 잔잔한 강 위로 돌팔매질을 하듯 제게 농지거리를 했으니까요.

"순빈마마, 세자마마께옵서 납신다고 하옵니다."

"……"

소인은 결코 소쌍의 농지거리를 받아줄 기분이 아니었습니다. 물고를 내겠다고 쏘아붙이려다가 그만두었습니다.

"세자마마 납시오."

소인은 귀를 의심하였습니다. 권 승휘로부터 현주縣主를 낳아 기쁨이 크다고 들었거늘 세자마마께옵서 소인을 찾다니요. 소인은 눈물이 앞을 가렸습니다. 왕세자마마의 얼굴을 뵙기도 전에 눈물이 볼을 타고 흘렀습니다. 늠름하시고 장성하신 세자마마를 뵙자 저도 모르게 뒷덜미가 들먹거렸습니다.

"그리도 서러우셨습니까?"

소인의 손목을 끌어 앉히시면서 세자마마께옵서는 그렇게 말씀하셨습니다. 다정하고 부드러운 목소리였습니다. 한 번도 들어보지 못한 목소리였습니다. 소인의 코는 뜨거워지고 가슴은 녹아내렸습니다. 누군가를 사모한다는 말은 지금 당장 죽고 싶다는 말과도 같다는 것을 그때서야 알았습니다. 저는 그때 당장 죽어도 여한이 없었으니까요.

"빈궁, 이제 그만 진정하시오."

소인의 볼을 타고 흐르는 눈물을 손수 닦아주시면서 세자마마께옵서는 그렇게 말씀하셨습니다. 그러곤 세자마마께옵서는 소인을 품에 꼭 안아주셨습니다.

그날 밤이 소인에게는 첫날밤이었습니다. 언짢아하지는 마시옵소서. 세자저하께서는 진정 소인을 여인으로, 빈궁으로 대하셨기 때문입니다. 소인의 당의를 벗기시는 세자마마의 손길은 능란하였습니다. 그 순간 방정맞게도 권 승휘의 얼굴이 떠올랐으나 소인은 개의치 않았습니다.

"빈궁의 몸매가 이리도 고운 줄은 내 미처 몰랐소."

알몸이 된 소인을 두고 세자마마께서는 감탄을 하셨습니다. 진정이었습니다. 세자마마의 눈길이 그러하였습니다. 예전의 탐욕스런 눈길이 아니라 부드럽고 따뜻한 눈길이었습니다.

"일어나서 한번 돌아보시오."

소인은 부끄럽기 짝이 없었으나 세자마마의 분부를 거행하였습니다. 소인을 여인으로 대하는 세자마마를 위해서 춤이라도 추고 싶었습니다. 진정 그러고 싶었습니다.

세자마마께서는 다가와 소인을 냉큼 안고서 요 위에 눕히셨습니다. 방심하는 사이에 마마의 입술이 소인의 입술을 덮었습니다. 당황하는 사이에 마마의 혀가 소인의 입속으로 들어와 미천한 혀를 감아올렸습니다. 소인은 머리가 아찔하면서 정신이 하나도 없었습니다. 마마께서는 예전의 마마가 아니셨습니다. 슬픈 짐승처럼 마구 물어뜯던 예전의 마마가 아니었습니다. 소인의 귓바퀴를 핥으시고, 귓구멍에 혀를 넣으셨을 때 소인은 몸을 부르르 떨 수밖에 없었습니다.

그뿐만이 아니었습니다. 세자저하께서는 소인의 목덜미를 더딘 걸음으로 유린하시더니 촌각도 지체할 수 없다는 듯이 나는 새처럼 소인의 가슴으로 날아드셨습니다. 혀끝으로 분홍빛 꼭지를 간질이시는 수고를 빠르게 반복하시고, 이윽고 우악스럽게 빨아대시니 소인은 입술을 깨물었으며, 내친김에 살짝살짝 그 못난 꼭지를 깨무시니 소인의 입에서 신음이 빠져나가더이다.

하물며 그날 밤 세자저하께서는 혀를 이끌고 실로 산속을 달리는 호랑이와 같이 잽싼 걸음으로 동쪽의 산을 헤집고 다시 서산에 머물다가 달리기 시작하니 배로, 배꼽으로 끝끝내 단숨에 성 앞에까지 이르렀습니다. 세자마마께서는 촌각도 늦추지 않으시고 성 안으로 풍성한 은혜의 힘을 불어넣으셨고, 소인은 뭔지도 모를 희열에 떨며 신음을 흘려야 했습니다. 소인은 처음 알았습니다. 누군가를 사모한다는 말은 지금 당장 죽고 싶다는 말과도 같다는 것을 그때서야 알았습니다. 저는 그때 당장 죽어도 여한이 없었으니까요.

풍성한 은혜는 그날 밤 이후로도 반복되었습니다. 달빛과 함께 세자마마는 제게 오셨습니다. 소인은 행복했습니다. 음식을 먹다가도 볼을 꼬집고, 수를 놓다가도 손등의 살을 꼬집었사오나 꿈은 아니었습니다. 꿈이 아니라 현실이었습니다.

몇 달이 지나자 주기가 되었는데 월경이 사라졌다는 것을 알아차렸습니다. 그러고 보니 그맘때면 평소보다 가슴이 커져 아픔이 있곤 했는데 그러지 않았습니다. 그맘때면 복통이 있고, 편두통이 있어야 했는데 없었습니다. 몇 주가 지나도 그런 현상은 나타나지 않았습니다. 여종 소쌍이 말했습니다.

"어머, 태기가 있는 것이 아니옵니까?"

이 말은 진정 소인의 입에서 나온 것이 아니었사옵니다. 그런데 다리가 없는 말이 천 리를 가는지 사방팔방에 사악한 자들의 귀가 달려 있는지 태기가 있다는 말은 상감마마께 말릴 사이도 없이 다다르고 말았습니다.

그 후에 봉 씨가 스스로 말하기를, '태기가 있다.' 하여, 궁중에서 모두 기뻐하였다고 상감마마께서는 말씀하셨습니까? 그가 혹시 놀람이 있을까 염려하여 중궁으로 옮

85

겨 들어와서 조용히 거처한 지가 한 달 남짓했는데, 어느 날 봉 씨가 또 스스로 말하기를, '낙태를 하였다.'고 하면서, '단단한 물건이 형체를 이루어 나왔는데 지금 이불 속에 있다.'고 하므로, 늙은 궁궐 여종으로 하여금 가서 이를 보게 했으나, 이불 속에는 아무것도 보이는 것이 없었으니, 그가 말한 '임신했다.'는 것은 거짓말이었다고 하셨습니까? 소인의 입으로 사실을 소상히 밝히겠나이다.

상감마마 한 가지만 여쭙고 싶사옵니다. 소인이 태기가 있다고 아뢴 자가 누구이옵니까? 한 가지만 더 여쭙고 싶사옵니다. 이불 속을 검색한 자가 누구이옵니까? 두 가지 일에 한 사람이 아니옵니까? 아울러 지난날, 소인의 이름으로 세자마마의 물품을 빼낸 자가 누구이옵나이까? 소인의 이름으로 아비에게 물품을 보내고, 어미에게 물품을 보낸 자가 누구이옵니까? 세 가지, 네 가지 일에 한 사람이 아니옵니까? 맞사옵니다. 지난날 물품을 빼내어 곤욕을 치렀던 늙은 여종이 범인이옵나이다.

소인에게 태기가 있었던 것은 천만 번 진실이옵나이다. 중궁으로 옮겨 머물 때에 낙태를 한 것도 사실이옵나이다. 하늘이 알고, 여종 소쌍이 알고, 그 찢어 죽일 늙은 상궁이 알고 있사옵니다. 본 것을 보지 않았다고 하고, 진실을 진실이 아니라고 한다면 해는 왜 동쪽에서 떠서 서쪽으로 지는 것이옵니까? 소인의 진술은 모두 사실이옵나이다. 상감마마, 굽어 살피시어 진실을 헤아리시옵소서.

봄에는 꽃을 조심해야만 한다

살다 살다 기자한테 술을 다 얻어먹네. 한 3년은 재수가 없을 것 같다. 왜 그러세요, 곧 승진한다면서요? 가족들이 좋아하시겠어요. 죽은 자식 불알 잡기다. 뭐라고요? 아냐, 아무것도 아냐. 오늘은 일 얘기는 그만하고 술이나 먹자. 좋지요. 저도 곧 있으면 사회부 사스마리에서 문화부로 발령이 날 것 같아요. 그래? 하기사 그 나이에 사스마리를 하는 것도 이상하다 생각했어. 햐, 역시 술은 양주야. 기자가 사는 술이라서 더 맛있네. 많이 드세요. 그나저나 수사에 진척은 좀 있습니까? 또 공장 얘기 시작한다. 아아, 좋습니다. 오늘은 좀 참겠습니다. 그러나저러나 강 형사님은 결혼을 하셨다고 들었는데 집에는 아무도 안 계셨잖아요. 친정에 가셨나 보죠? 왜, 그런 눈으로 보세요? 야, 씨부랄! 차라리 공장 얘기나 하자.

아, 죄송합니다. 제 술 한 잔 받으세요. 어, 양주가 비었네? 여기요, 양주 한 병 더! 아무리 생각해도 기자 양반 술 얻어먹으면 3년은 재수가 없을 거야. 하하하. 죄송합니다. 참, 집 안에 복사꽃을 심으면 바람난다는 소리를 들어봤나? 복사꽃이 복숭아꽃이라는 것은 잘 알지? 알죠. 서울 촌놈들이 알긴 뭘 알아? 내가 시를 하나 읊어볼까? 강 형 사님이 시를 외우세요? 고롬. 좋습니다. 한번 외워보시죠.

갓난애에게 젖을 물리다 말고
사립문을 뛰쳐나온 갓 스물 새댁,
아직도 뚝뚝 젖이 돋는 젖무덤을
말기에 넣을 새도 없이
뒤란 복사꽃 그늘로 스며드네.
차마 첫정을 못 잊어 시집까지 찾아온
떠꺼머리 휘파람이 이제사 그치네.

우와, 좋은데요. 누구 시입니까? 시인이자 소설가인 송 기원이라는 사람의 「복사꽃」이라는 시다. 아, 그렇군요. 첫정, 첫사랑을 떠올릴 때가 별로 없지만 이 시는 내 가슴 을 흔들곤 하지. 어젯밤에는 정말 오랜만에 친구 놈을 만낳어. 친구요? 응. 친구. 고향 친구. 오늘은 어젯밤에 있었던 얘기를 해야 할 것 같네. 해보세요.

술만 취하면 길거리에서 꽃다발을 사서 내 마누라에게 갖다주라고 선물을 하는 친구가 있어. 그 새끼의 직업은 만화가야. 어릴 적에 소아마비를 앓아 지금도 한쪽 다리를 절지. 고향을 떠나 잘 만나지 못했었는데 어느 날 전화가 왔어. 그 새끼가 출판사 사장에게 몽둥이를 휘둘렀다는 것인데 도와줄 수 없냐는 다른 고향 친구의 전화를 받았던 거야.

그 새끼는 한때 잘나가던 만화가였다고 하더구만. 나이는 나보다 한 살이 위지만 아무리 오랫동안 보지 못했다고 시쳇말로 불알친구한테 존댓말 하는 놈이 어디 있겠냐. 내가 보기에 그 새끼는 매우 유능한 만화가고, 무엇보다 출판사의 일정에 한 치도 어긋난 적이 없었다는 거야.

그런데 예전엔 몰랐는데 그 새끼 성격이 좆나 사나웠나 봐. 출판사와 거래를 할 때 일정과 품질에 최선을 다하지만 책이 출간되고도 약속한 날짜에 돈이 들어오지 않으면 득달같이 전화를 해서 독촉을 하거나 심하면 욕지거리를 내뱉는 것도 마다하지 않았다는 거야. 그날도 그 새끼는 출판사 사장과 전화로 욕을 주고받은 후에 몽둥이를 들고 찾아가 휘둘렀다는 거였지. 내가 겨우 합의를 보고 무마를 시켰지만.

문제는 그 새끼의 술버릇이었지. 술에 취하면 헤어질 때 길거리에서 파는 꽃다발을 냉큼 사서 내게 안기는 거야. 내 마누라를 본 적도 없는 새끼가 우격다짐으로 꽃을 안기니 나로서도 난감한 일이었지. 몇 번을 그랬어요. 아, 씨발. 술 좀 따라봐.

어제도 그 새끼가 오랜만에 전화를 걸어와 꼭 술 한잔을 해야 한다며 경찰서 앞으로 불러내더라고. 할 말이 있는 듯도 했지만 그 새끼는 끝까지 말을 아끼더군. 평소대로 나는 술값을 치렀고, 그 새끼는 그 상황을 순순히 받아들였지. 그 새끼는 술기운이 도는지 어김없이 장미꽃 두 송이를 사서 내게 한 송이를 내밀었어.

너는 네 마누라한테 꽃다발을 선물한 적이 있냐? 나는 택시를 기다리며 그 새끼에게 물었어. 그 새끼는 한 손에 든 장미꽃을 만지작거리며 말했어. 아마, 오늘이 처음일 거야. 마누라가 어제 돌아왔거든. 먼저 택시를 타고 집으로 향하는데 그 새끼의 환한 미소가 떠올랐어. 일거리가 없어서 고민하던 그 새끼의 상황이 머리를 스쳤지. 친구의 아내가 힘들어하다가 별거를 선언했었다는 말은 한참

후에 떠올랐어. 나는 택시 안에서 술기운 때문인지 꽃기운 때문인지 취해 잠이 들고 말았지.

야, 술 좀 따라봐. 씨발놈이 빠져 가지고. 그런데 어젯밤엔 장미꽃 향기 때문에 얼굴이 화끈거리데. 힘들면서도 결코 엄살 피우지 않으며 묵묵히 현실을 견디는 친구가 늘 내 곁에 있다, 이거야. 오다가다 고향 친구를 만난 행운도 행운이지만, 사는 게 형편없어도 서로를 헤아릴 수 있는 그 새끼와의 우정은 진정 꽃이요, 열매라는 생각도 든다. 이 말 멋지지 않냐, 씨발아? 아까 그 시도 마누라 책에서 보고 외운 거야. 내 집에서 본 책들이 전부 내 마누라 책이거든. 나도 좆나 유식해졌지?

그런데 정작 내 얼굴이 화끈거린 이유는 다른 데 있어. 집 앞이라고 생각했는데 택시에서 내린 아파트 단지가 엉뚱한 곳이었으니까. 주변을 아무리 둘러보아도 생소한 곳이었어. 소스라치게 놀란 것은 어떤 여인이 그곳에 서 있었기 때문이었지. 연쇄 살인으로 죽은 년 중에 한 명 같기도 했지만 그 여인은 분명 나의 첫사랑이었어. 그곳이 그 씨발년과 첫 키스를 한 장소라는 걸 내가 모를 리 없었기 때문에 소름이 돋았던 거야.

나는 단호히 돌아서서 집으로 향했어. 머릿속으로는 복

사꽃잎이 휘날렸어. 봄에는 이래저래 꽃을 조심할 필요가 있더군. 잃어버린 줄로만 알았는데 다행히 내 손에는 장미 한 송이가 들려 있었지. 다행이군요. 어, 넌 누구야? 누군 누구겠어요. 이 집 주인이죠. 반말 좀 하지 마세요. 어쨌든 장미를 잃어버리지 않았으니 다행이네요. 다행은 씨발! 줄 년이 있어야지. 마누라 주면 되잖아요? 집까지 팔아먹고 도망간 년한테 무슨 꽃을 줘? 좆도. 경찰을 속이고 도망을 쳐? 첫사랑은 경찰 속여도 된다더냐, 이 씨부랄 년아!

아, 가만히 있어봐. 김 기자는 어디 있어? 집에 갔어요. 집에…… 가? 취해서 먼저 간다면서 갔어요. 아, 정말? 정 말로 갔다니까요. 요즘 것들은 빠져 가지고 죄다 원산폭 격을 시켜야 된다니까. 좋다, 오늘은 이만하자. 수고! 술 값은 주고 가셔야죠. 뭐, 뭐라고? 양주 두 병에 과일 하나, 맞죠? 김 기자가 술값을 안 냈어? 안 내고 갔어요. 정말이 야? 정말이라니까요. 제발, 반말 좀 하지 마세요. 저 여기 술집 주인이라고요.

제3장

혼자서 걷는 국모와
여자의 길

행복한 만큼 슬픔이 오네

상감마마께서 이렇게 말씀을 하셨다고 들었습니다.

"또 지난해 세자가 종학으로 옮겨 가 거처할 때에, 봉씨가 시녀들의 변소에 가서 벽 틈으로부터 외간 사람을 엿보았었다. 또 항상 궁궐 여종에게 남자를 사모하는 노래를 부르게 했었다."

외람된 말씀이오나 중궁에서 물러나왔을 때 소인은 스스로 목숨을 끊었어야 했습니다. 새끼를 잃은 어미의 심정 따위는 사치스러운 것이었습니다. 소인을 향한 멸시와 천대의 눈길들을 상상이나 해보셨습니까? 소인더러 거짓말을 했다고 하셨사옵니까? 아니옵니다. 천부당만부당한 말씀이옵니다. 상감마마, 원손을 잃은 소인의 심정을 조금이라도 헤아려보셨사옵니까? 오장육부가 뒤틀리는 소인의 고통을 생각해보셨습니까? 원통하고 원통하옵니다. 오늘날 이 치욕을 겪느니 차라리 그때 소인은 목을 매는 것이 옳았습니다. 그때 죽지 못한 게 천추의 한이옵니다.

아이를 잃기 전까지 세자마마와 함께 보낸 시간의 다른 이름은 행복이었사옵니다. 진정 그러하였습니다. 그 슬픔이 오기 전까지는. 돌아보면 까마귀가 날자마자 배가 떨어진 세월이었습니다. 권 승휘의 여식 현주가 세상을 떠난 일을 두고 드리는 말씀이옵니다. 천 개의 눈과 귀가 소인에게 향할 때 숨을 쉬는 것조차 아픔이던 시절의 일이었습니다. 그래도 소인은 상관없었습니다. 세자마마께옵서만 소인을 믿어주신다면 아무래도 상관이 없었습니다. 그러나 행복했던 만큼이나 슬픔이 다가오더이다.

세자마마께서는 싸늘한 목소리로 제게 말씀하셨습니다.

"일전에 휘빈을 죽게 만들더니 현주까지 앗아갔더냐? 압승술을 쓴 것이냐, 아니면 새로운 계략을 꾸민 것이냐? 이 요망한 계집아, 썩 물렀거라!"

소인은 그래도 믿어왔습니다. 여인의 몸으로 태양을 향

해, 오직 세자마마를 향해 해바라기를 해온 인생이옵니다. 상감마마, 왕세자께서 어찌 소인에게 이러실 수 있단 말입니까? 자식을 잃은 슬픔이 어찌 아비에게만 있단 말입니까? 자식 잃은 고통을 어찌 소인이 모르겠습니까? 천명이 그러하거늘 휘빈과 현주의 죽음이 어찌 소인에게 책임이 있다 하십니까? 소인이 잃은 원손은 진정 아무것도 아니란 말입니까?

소인을 위로할 수 있는 것은 술밖에 없었습니다. 세자마마께옵서 두고 가신 술을 남김없이 먹고 나니 정신과 몸이 따로따로 놀더이다. 소인을 위로할 수 있는 것은 술이요, 지금은 기억마저 희미한 세자마마 손길의 추억뿐이었습니다. 소인은 천 개의 눈과 천 개의 귀를 피해 새벽마다 세자마마를 추억하며 술을 마셨습니다. 책망하셔도 하는 수 없었습니다. 떠나간 원손이 그리웠고, 소인을 그윽한 눈빛으로 내려다보시던 세자마마가 보고 싶었습니다. 소인의 입술을 빼앗고, 새처럼 호랑이처럼 계곡을 오가시던 세자마마의 혀가 그리웠습니다. 그것을 죄라 하시겠습니까? 그리움을 죄라 부르시겠습니까?

왕세자께서 종학으로 거처를 옮기신 후로 소인은 영영 꿈도 꿀 수 없게 되었습니다. 종친 자제분들이 모두 모여 그곳에서 학문을 닦는다고 하였으나 소인에게는 뱃길을 따라 한 달 두 달을 가도 닿을 수 없는 곳이었습니다.

하여 소인은 새벽마다 술을 마셨습니다. 술을 마시면 몸과 마음이 서로의 길을 갔습니다. 한쪽은 세자마마의 손길을 기다렸고, 한쪽은 원손의 영혼을 쫓아 멀어져 갔습니다. 몸과 마음이 서로 멀어지면 눈물이 났습니다. 소인은 천 개의 눈과 천 개의 귀를 피해 이불에 얼굴을 묻고 목을 놓아 울었습니다. 그러다 지쳐 잠이 들고, 그러다 깨어난 새벽의 끝자락에는 아무 일도 없었다는 듯이 수탉의 울음이 울려 퍼졌습니다.

수를 놓는 일이 마음에 길을 여는 경우도 있었습니다. 글을 읽는 일이 세상의 이치를 깨닫게 하는 경우도 많았습니다. 하오나 임을 향한 그리움은 어떤 행위로도 길을 내거나 이치를 깨닫게 할 수 없었습니다. 그러다 지치면 술을 마시거나 대궐의 안팎을 돌며 산책을 해야만 했습니다.

소인이 시녀들의 변소에 가서 벽 틈으로부터 외간 사람을 엿보았다고 하셨습니까? 간밤의 술로 복통이 와 급히 시녀들의 변소에 들른 것은 사실이었습니다. 몸이 하고자 하는 일은 마음으로 다스릴 수 있다고 하나 그것은 일시적인 것이옵니다. 하품도, 졸음도, 방귀도, 재채기도 마음으로 다스릴 수 있다면 얼마나 좋겠습니까? 하물며 임을 향한 마음이야 오죽하겠습니까? 복통으로 잠시 시녀들의 변소를 이용한 것은 몸이 시킨 것이지 마음이 시킨 것은 분명 아니었습니다. 맹세코 진실이었습니다. 아울러 벽 틈으로 외간 사람을 엿보았다니 이 무슨 해괴한 모함이란 말입니까? 세자마마에 대한 연정이 끝 간 데 없이 멀건만 외간 남자를 엿봐서 무슨 소용이란 말입니까? 천 개의 눈이나 귀가 있다고 한들 요망한 하나의 입을 이길 수 없다는 것을 깨닫고 말았습니다. 이는 필시 간악한 무리들의 모함에 불과하옵니다.

항상 궁궐 여종에게 남자를 사모하는 노래를 부르게 했었다고 하셨습니까? 이 또한 천 개의 눈과 천 개의 귀가 악의적으로 모함을 한 것에 불과하옵니다. 간악한 무리들은 시도 모를뿐더러 노래도 구분할 줄 모르는 자들이옵니다. 소인은 죽으나 사나 왕세자마마를 사모하오며, 세자마마를 그리워할 뿐이옵니다. 하여 소인은 세자마마를 그리워하는 시를 지었을 뿐이고, 오가며 여종 소쌍이 소인의 글을 외운 것에 불과하옵니다.

수요일 야간반이 화를 냈다

여긴 어디야? 어, 넌 뭐야? 잠 좀 자게 가만 둬요. 이거 봐,
여기가 어디냐고? 어디긴 어디예요, 제 오피스텔이죠. 아
니, 당신하고 나하고 벌거벗고 지금 여기서 왜 이러고 있
냐고……요? 지금 발뺌을 하시겠다는 거예요? 그럼, 제가
당신을 유혹해서 여길 데려왔다는 거예요? 확, 소리를 질
러버릴 거예요. 아, 이거 봐. 어제 내가 양주를 두 병이나
마셨다고, 그것도 빈속에. 세 병이에요. 세 병? 왜, 세 병
이야? 저랑 한 병을 더 마셨어요. 아이고, 미치겠네. 그러
니까 당신하고 나하고 왜 양주를 또 마셨고, 여긴 왜 왔냐
고……요. 전적으로 강 형사님이 우기셔서 이렇게 된 거
예요. 그런 줄이나 알아요.

아이고, 머리야. 아, 가만히 있어봐. 우리 둘이 씹을 좆
나리 한 것 같은데…… 우리 이러면 안 되잖아. 경찰을 불
렀어야지. 무슨 소릴 하는 거예요? 강 형사님이 경찰이 아
니면 뭔데요? 아, 그건 그런데…… 우리가 이러면 곤란한
건데 어떻게든 피했어야 했다, 이거야. 쌍방과실이니까.
지금…… 빠져나갈 궁리만 하시겠다는 거예요? 사람 그
렇게 안 봤더니 남자라는 놈들은 다 똑같아. 아니, 화내지

말고 어떻게 된 건지 말을 좀 해봐. 어제 제 앞에서 우셨어요. 울어? 네. 내가? 그렇다니까요. 내가 미친년이지 남자의 눈물에 속다니. 왜 나는 기억이 나질 않지? 돌겠네. 어제 도망간 마누라 얘기도 했구요, 저한테 레즈비언이냐고 시비를 거셨고요, 제가 남녀를 가리지 않는다고 하니까 강 형사님은 저랑 자는 게 소원이라고 하셨어요. 됐어요? 좀 우습게 되었네.

그나저나 그 보디빌딩 하는 놈은 어쩌고? 둘이 결혼한다며? 걔하고 결혼한다고 누가 그래요? 아니, 그냥…… 같이 붙어 다니니까 짐작을 했을 뿐이지. 걘 목요일의 남자일 뿐이에요. 엥? 그러면 요일에 따라 남자가 달라? 그런 셈이죠. 그러면 나는 무슨 요일의 남자야? 어제가 수요일이고 야간에 만났으니 수요일 야간반? 깔깔깔! 좆통수 불고 자빠졌네. 뭐라고요? 아냐, 그냥 충고 한마디 들었다고 생각해. 저한테 반말하지 마세요. 전 반말 듣는 게 제일 싫어요. 하나 물어볼 게 있는데. 뭐죠? 그럼 김 기자는 무슨 요일의 남자야? 김 기자하고는 섹스 안 해요. 왜? 샌님 같잖아요. 한 번도 안 먹었어? 누가 누굴 먹어요! 아, 미안!

그런데 죽은 배우 오찬란이 배다른 동생이라며? ……. 어, 표정이 왜 그래? 어제 저랑…… 약속했잖아요? 뭘? 직위를 걸고 그 범인을 잡아주겠다고. 아, 그랬나? 빈말이었어요? 아냐, 사내새끼가 한 입으로 두말하냐? 김 기자 말로는 수사를 중단할지도 모른다고 하던데요? 아냐, 난 포기 안 해. 좋아요, 그럼 우리 한 번 더 해요. 물건은 끝내주던데 왜 마누라가 도망갔을까. 야, 네 동생 죽인 놈을 잡아주겠다고 하니까 나한테 몸을 준 거냐? 맞아요. 맞다고? 맞다니까요. 씨발년아, 솔직한 것도 그거 병이다. 뭐, 이런 년이 다 있어?

그…… 김 기자가 내게 준 소설이 있는데 제목이……『거짓말쟁이들의 추리』요? 맞아, 그거야. 그게 왜요? 그 소설은 한 사람이 쓴 게 아니라 여러 사람이 이어서 쓴 거라며? 맞아요, 어떻게 아셨어요? 그 원고를 쓴 사람들 중에 세 명이 죽었고? 맞아요, 불안해서 죽겠어요. 좆 됐네. 왜요? 난 너하고 그 보디빌딩 하는 새끼랑 관련이 있다고 봤거든. 그래요? 그러면 그 소설 이어쓰기에 참여한 인물이 몇 명이나 되냐? 대충 열다섯 명 정도? 정말? 제가 뭐 하러 거짓말을 하겠어요. 아, 그렇지. 그 명단 좀 확보해주라. 알았어요. 니가 나의 첫 번째 마누라였으면 좋았을 텐데. 뭐라고요? 아, 아냐. 아무것도 아니다.

어, 핸드폰이 울리네요. 이리 줘봐. 여보세요? 아, 심 형

사? 왜? 뭐라고? 정말이야? 씨발, 어딘데? 아, 알았어. 곧
가지. 끊어. 무슨 일이에요? 연쇄 살인이 또 일어났어. 저,
정말이요? 응. 혹시, 김경수라고 알아? 남자 이름 같지만
여자래. 아, 알아요. 안다고? 네. 그러면 소설 이어쓰기를
한 인물 중에 하나야? 맞아요. 맞다고? 맞다니까요. 돌겠
네, 돌겠어. 정말 솔직히 좀 말해봐. 뭘요? 김 기자랑 나랑
정말 구멍 동서는 아니지? 그렇지? 이 씨발년이 어디다가
따귀를 때리고 있어. 너, 죽을래? 죽고 싶어?

조금만 연모했다면

상감마마께서는 이렇게 추리를 하셨지요.

"또 일찍이 환자들의 호슬·주머니·자루 등의 물건
을 손수 만들었는데, 이로 인하여 세자의 생신에 으레 바
쳐야 할 물건들을 미리 만들 여가가 없어서, 지난해 생신
에 쓴 오래된 물건들을 새로 마련한 것처럼 속이고 바쳤
었다. 또 궁중에 쓰는 물건과 음식물은 그 나머지를 덜어
서 그 어머니의 집에 보내자고 청하였다가, 세자가 옳지
않다고 하자 자기가 먹다가 남은 음식물을 그 어버이에게

103

보내므로 이를 금지시켰더니, 그 후에는 환자들을 몰래 경계하여 세자에게 절대로 아뢰지 말고 보내게 하였다."

천 개의 눈과 귀가 환자들이라는 것을 알게 되었지요. 그 내시들은 여종이 울면 소인이 울고, 소인이 급하게 시녀들의 변소에 가서 볼일을 보면 벽 틈으로부터 외간 사람을 엿보았다고 상감마마께 일렀겠지요. 뿐입니까. 세자마마를 그리워하며 지은 소인의 시를 시녀들이 감동하여 스스로 읊으면 항상 궁궐 여종에게 남자를 사모하는 노래를 부르게 했었다고 고자질을 했겠지요. 거세를 당한 그 자들에게 소인이 얻을 것이 무엇이었겠습니까? 사내구실도 못하는 가볍디가벼운 입만 달린 그 작자들에게 소인이 바라는 것이 무엇이었겠습니까?

그러니 어쩌겠습니까? 장차 국모의 길을 걸어야 할 소인은 그 간악한 자들의 입막음을 할 수밖에 없었지요. 하여 호슬과 주머니, 그리고 자루 따위를 손수 만들어 그 작자들에게 선물로 준 것은 사실입니다. 물건을 받을 때는 희희낙락하던 그 짐승들이 이제 와 그 일을 소인의 허물로 삼고자 한다면 달리 무슨 말을 할 수 있겠습니까?

세자마마의 생신이 다가온다는 사실을 소인이 죽은들 잊었겠습니까? 그윽한 눈빛으로 소인의 눈물을 닦아주시던 그분의 손길을 죽은들 소인이 잊었겠습니까? 온몸에서 불길이 일어나게 만드셨던 세자마마의 손길을 소인이 죽어 흙이 된들 잊겠습니까? 진정으로 세자마마를 사모하면서 소인은 더 외롭고 쓸쓸해졌습니다. 세자마마를 미워할 때가 그나마 참을 만했습니다. 사모하는 마음이 깊어질수록 외로움도 깊어졌습니다. 휘빈의 폐출과 죽음, 그리고 권 승휘의 여식 현주의 죽음이 어찌하여 소인의 탓이옵니까? 흉악이 어찌 소인에게서 비롯된다 하십니까?

그렇다고 세자마마의 생신이 다가온다는 사실을 소인이 어찌 죽은들 잊었겠습니까? 멀리서라도 세자마마를 볼 수만 있다면 소인이 이렇듯 외롭고 쓸쓸하진 않았겠지요. 소인인들 입만 살아 나불대는 내시들의 호슬이나 자루 따위를 만들며 세월을 보내고 싶었겠습니까?

분명코 소인은 세자마마의 생신에 맞춰 새롭게 공복을 지었습니다. 복두·홍포·서대·흑화가 그것입니다. 물론 생신에 맞춰 내놓지 못한 것은 사실입니다. 1년 내내 쉬지 않고 준비해도 모자랄 판에 소인이 상심에서 깨어났을 때는 세자마마의 생신이 몇 달 앞으로 다가왔지요. 그래도 소인은 홍포를 만들겠다는 의욕을 포기하지 않았습니다. 의욕이 화를 부른 탓이었습니다. 밤낮을 가리지 않고 홍포를 지었으나 생신이 3일 앞으로 다가왔습니다. 소인은 참다못해 울음이 솟구쳤습니다. 어떤 도움도 주지 않으신 중궁마마가 원망스러웠습니다. 어떤 조언도 해주지 않는 상궁들이 미웠습니다. 뻔히 실패할 것을 알면서 홍포를 짓겠다고 한 소인의 욕심이 저주스러웠습니다.

하여 소인은 생각했습니다. 가장 자신이 있고, 서둘러 끝낼 수 있는 물품을 짓겠다고 다짐했습니다. 손에 익은 호슬과 주머니였습니다. 가장 정성을 들여 3일을 하루도 쉬지 않고 밤을 꼬박 새워 완성을 했습니다. 물건을 다 만들어놓고서야 소인은 안심했습니다. 아니, 뭔가 불안했습니다. 천 개의 눈과 천 개의 입이 또 걱정이었습니다. 그래서 여종 소쌍을 시켜 가장 좋은 것으로 흑화를 구해 오라 일렀습니다. 그것이 또 문제가 될지는 몰랐습니다. 전해에 선물한 흑화와 같은 것인 줄은 정말 몰랐으니까요.

소인은 시간이 지나 홍포를 완성하여 세자마마를 찾았습니다. 마음이 상하신 세자마마께서는 받아들이시지 않았습니다. 세자마마께서는 이미 오해를 품으셨기 때문에 소인이 어떤 말과 행동을 해도 이해하지 않으셨습니다. 사정은 이러하온데 소인이 내시들의 물건을 만들다가 세자마마의 생신을 소홀히 여겼다니 유구무언입니다.

궁중에 쓰는 물건과 음식물은 그 나머지를 덜어서 그 어머니의 집에 보내자고 청하였다가, 세자가 옳지 않다고 하자 자기가 먹다가 남은 음식물을 그 어버이에게 보내므로 이를 금지시켰더니, 그 후에는 환자들을 몰래 경계하여 세자에게 절대로 아뢰지 말고 보내게 하였다는 말도 사실이 아닙니다. 세자마마께서는 오해를 품고 계셨기에 결코 어떤 것도 이해하고자 하지 않으셨습니다. 소인은 세자마마께 청했습니다.

"소인의 아비가 병이 들었다고 하옵니다. 지난여름에 가뭄이 심하여 백성들이 먹을 것이 많지 않다고 합니다. 소인이 먹을 것을 줄여 아비에게 조금이나마 보내겠사오니 허락해주시면 감사하겠습니다."

그러자 세자마마께서는 말씀하셨습니다.

"그 말을 나더러 믿으란 말이오?"

"너무하십니다. 소인이 밉다 한들 아비의 이름을 팔아 거짓을 아뢰겠나이까."

"생기지도 않은 아이를 죽인 사람이 바로 당신이오. 허락할 수 없소."

소인이 화가 난 것은 사실이옵니다. 대궐 안에 있는 사람들이 백성들이 배를 주리고 있다는 말을 했을 리가 없었지요. 아울러 세상에서는 장인이 병이 들어 힘들어 한다는데, 소인이 먹을 것을 줄여 음식을 좀 보내겠다는데, 사위가 그리 냉정히 거절하다니요. 하는 수 없이 소인은 상에 올라온 음식을 손대지 않고 추려 병든 아비에게 보냈습니다. 나중에 음식을 보낸 일로 세자마마께서는 불같이 화를 내셨지만 소인은 이미 죽은 몸이었습니다. 세자마마께 알리지 않고 보내게 하였다고 말씀하셨으나 천 개의 눈과 천 개의 입들이 알아서 다 일러바치고 있었는데 그것을 따져봐야 무슨 소용이 있겠습니까?

아마 이때부터였을 겁니다. 소인이 세자마마를 사모하는 마음을 포기한 것이 아마 이때부터였을 겁니다. 그렇습니다. 소인은 지쳐버렸던 것입니다. 그래서 소인은 모든 욕심을 내려놓기로 마음을 먹었습니다. 국모의 길도, 여자의 길도 모두 포기하고 말았습니다.

비 오는 날의 헬가와 베아트리체

김경수는 어떤 여자입니까? 대학 강사였어. 사인은요? 이미자, 오찬란과 같아. 사망 시점은 언제인가요? 너, 지금 나한테 뭐 하는 거냐? 뭘…… 하다뇨? 지금 나를 취조하고 있잖아. 아, 뭘 알아야 기사를 쓸 거 아닙니까? 너 잘하는 거 있잖아? 제가 뭘요? 우리가 쓴 보고서를 훔쳐보는 거. 국과수에서 결과가 나와야 사망 시점을 정확히 알지 보면 금방 아냐? 열 받아 죽겠는데 씨발놈이. 알았습니다. 보고서를 구해서 읽어보죠.

비가 오네요. 그러게. 이번 여름에는 유난히 비가 많이 오네요. 그러게. 비만 오면 술이 땡겨요. 너도 사연이 있나 보다. 마누라는 언제 만났냐? 대학에서? 무슨 말씀을 하시는 거예요? 저 아직 미혼이에요. 헉, 정말? 왜, 고자냐? 무슨 말씀을 하시는 거예요. 보여드려요? 그래, 좆이 꼴리나 함 보자. 그만 좀 하세요.

넌 대학에 다닐 때 전공이 뭐였냐? 사회학이요. 그런데 문학 서클에서 살았어요. 문학? 네, 시나 소설을 좋아하는 연놈들이 모였는데 지금 생각해보면 참 유치찬란한 짓들을 했어요. 무슨 짓들을 했는데? 이것저것 많이 했죠. 재미가 없을 것 같으니 관두죠. 누가 하라고 했냐, 저 혼자 북 치고 장구 치고 자빠졌네.

연쇄 살인을 지켜보면서 좀 우스운 생각을 했어요. 무슨 우스운 생각? 범인이 남자인지 여자인지 공범이 있는지 없는지 그건 모르겠지만 비탄 반응이 보인다는 거죠. 비탄 반응? 씨발아, 쉽게 말해봐. 특별히 목적을 가지고 살인을 하고 있다기보다 극도로 심한 슬픔을 겪은 범인이 자신의 모든 감각의 스위치를 꺼버리고 연쇄 살인을 저지르고 있다는 생각이 든다는 거죠. 첫사랑을 잃고 비만 오면 술을 찾는 심리와 같다고나 할까요? 지금 네 얘기 하는 거냐? 그건 아니고요. 거참, 빗줄기가 더 거세지네, 씨발.

얼마 전에 미국의 화가 앤드루 와이어스라는 사람을 알게 되었어요. 1917년생인 앤드루 와이어스는 1970년부터 1985년까지 15년 동안 아무도 몰래 헬가 테스토르프라는 독일 여인을 모델로 240점의 그림을 그렸다고 합니다. 1986년 이른바 '헬가 시리즈'라는 이름으로 그 그림들이 발표되었을 때 그의 가족들은 물론 미국 전체가 경악했다고 하더군요. 그의 그림 속 인물은 그와 같은 동네에 사는 '이웃집 여인'이었기 때문이죠. 따스하고 온화한 질감의 수채화와 템페라가 극사실적 묘사와 만나 기묘한 감동을 선사하는 그의 그림들은 그 비밀스런 모델과의 '관계'가 세상에 드러나면서 예술가의 독특한 정신세계를 들여다보게 하는 질료로 작용했다고 하더군요.

왜 뜬금없이 미국 화가와 그의 모델 헬가라는 여자에

대한 얘기를 꺼내느냐고요? 물론 비가 오면 생각나는 그 아이, 저만의 베아트리체 때문입니다. 이탈리아의 시성詩 聖 단테에게 사랑과 시혼詩魂의 원천이었던 베아트리체는 정말 실존인물이었다고 하더군요. 단테는 9세 때 한 살 아래인 그녀와 만났고, 9년 후에 우연히 길에서 다시 만 나 그녀의 정중한 인사를 받자 지극한 행복을 느꼈다고 합니다. 그 후로는 영원한 여성으로 단테의 마음속에 살 아남게 되었다는 베아트리체, 아세요? 나도 베아트리체 정도는 안다, 씨발아.

제게도 베아트리체가 있었습니다. 초등학교 5학년 때 지방에서 전학을 온 그 아이는 한눈에 반한다는 말을 믿 게 만들었습니다. 생각해보면 그때 저는 부모의 강압에 의해 교회를 다니고 있었으니까 신을 믿었고, 사랑과 운 명을 믿었을 겁니다. 가슴이 떨릴 만큼 예쁜 그 아이는 전 학을 오자마자 뱁눈을 한 제 짝을 뒤로 한 칸 물러나게 하 고 저와 새로운 짝이 되었으니까요.

그때 저랑 친했던 같은 반 남자아이가 있었습니다. 생 각해보니 그 자식이 제 주위를 맴돌았던 것은 그 아이와 친해지고 싶어서 의도적으로 접근했던 것 같아요. 멀찍이 앉아 있던 놈이 제 짝은 놔두고 사사건건 다가와 저와 그 아이에게 간섭을 해댔으니까 말이죠. 어느 날 그 자식은 제게 다가와 말했습니다. 아이들하고 몰래 그 아이의 뒤를 밟았다는 겁니다. 물론…… 그 아이 부모가 시장에서 통닭집을 하고 있다는 것을 알게 된 것도 그 자식의 입을 통해서였지요. 그 아이에 대한 저의 애정은 전혀 흔들림이 없었지만 그 자식은 함부로 떠들어댔으니 그때 주먹을 한 방 날리지 못한 것이 두고두고 후회가 되더군요.

시간은 흘렀지요. 6학년이 되면서 남학생과 여학생을 분리해서 반을 구성했고 저는 그 아이와 이별을 하고 말았습니다. 그 빌어먹을 놈의 학교 방침이 제게 얼마나 깊고 넓은 외로움을 안겼는지 모릅니다. 저는 점심시간이 되면 여학생 반 주변을 배회하기 시작했고 우연을 가장하여 그 아이를 반갑게 만날 수 있기를 간절히 빌었습니다. 그러나 몇 달을 빠지지 않고 주변을 헤매도 그 아이의 그림자조차 찾을 수 없었지요. 정작 그 아이와 맞닥뜨린다 해도 살갑게 말을 건넬 성격도 못 되었지만 오랫동안 가슴앓이를 하게 만든 운명이 미웠고 신이 원망스러웠던 건 사실입니다.

그때 이후로 우리는 영원히 헤어졌고, 저는 이미 사랑을 믿지 않게 되었는지도 모르겠습니다. 그 아이를 만난 이후로 이날까지 살아오는 동안 여럿의 베아트리체를 만났지만 현실 속의 사랑은 이루지 못했으니까요. 저로서는 그 아이가 제게 '헬가'이기를 바랐지만 여전히 제게는 '베아트리체'입니다. 비가 오면 술이 마시고 싶은 것도 근원적으로 보면 그 아이를 한 번이라도 만나고 싶은 까닭인지도 모르겠습니다.

얼마 전에 인터넷 카페에서 초등학교 동창들이 모임을 갖고 있다는 사실을 알게 되었습니다. 그곳의 앨범에서 그 아이의 사진을 발견했습니다. 한 여자 동창이 그 아이의 소식을 알아봐줄 수도 있다고 하더군요. 그 자식이 그 아이와 살고 있으면 어쩌지요? 그래서 저는 사랑을 믿지 않는 모양입니다. 그걸 믿게 하려면 신은 그 아이를 한 번이라도 운명처럼 저와 만나게 했어야 옳습니다. 아, 태풍이 오면 어쩌지요? 그 아이의 현실을 알게 되면 어쩌지요? 걱정입니다.

내 눈엔 항상 비가 와

사랑을 잃으면 누구나 시인이 되더이다. 아니, 사랑이 빠져나간 자리에 시가 축축하게 고이더이다. 임의 눈길, 임의 손길이 간절하여 그리움은 더 이상 캘 수 없는 뿌리를 내리더이다. 대왕이시여, 셀 수도 없는 날을 잠 못 이루다가 얼핏 선잠에서 깨어 임을 그리워하신 적이 있나이까? 그 무정한 임이 그리워 이불에 얼굴을 묻고 날이 새도록 사무치게 울어본 적이 있나이까?

세자마마의 마음이 소인에게서 여름밤처럼 떠나간 것은 어쩔 수 없는 일입니다. 소중한 기억만으로도 소인은 살아갈 수 있으나 임의 눈길과 손길이 다른 곳으로 찾아드는 것은 참으로 고역입니다. 소인이 품은 마음이 시기와 질투라 해도 어쩔 수 없습니다. 세간의 말을 소인에게 전한 여종 소쌍의 말이 아니더라도 세상은 공평하지 않습니다. 소쌍은 소인에게 말했습니다.

"순빈마마, 세간에는 양반들의 연모의 정이 짧아 우스갯소리가 있다고 합니다."

"무슨 말이더냐?"

"세간의 양반들은 후처를 얻을 때까지만 연모한다고 하더이다."

"그러니까 그게 무슨 말이더냐?"

"여인네를 그리워하는 마음이 다른 여인네를 만날 때까지만 간다는 것이지요. 심한 남정네들은 더 마음에 드는 기생을 만날 때까지만 연모의 정이 남아 있다는 것이지요. 양반네들이 그러할진대 일반 백성들은 어쩌겠습니까?"

"도무지 무슨 말인지를 모르겠구나."

"여인네들만 억울한 세상이다 이 말씀입니다요. 여인네들은 평생 한 남정네만 연모해야 하니 억울하다 그 말씀입니다."

소쌍은 알고 있었습니다. 소인이 매일 밤 임 그리워 잠을 자지 못한다는 것을. 소쌍은 이미 알고 있었습니다. 소인이 술을 먹지 않으면 결코 잠들 수 없다는 것을.

그렇습니다. 소인은 지쳐가고 있었습니다. 마음속에서는 잡초 하나 없이 땅이 메말라 가고 있었습니다. 바닥이 갈라져 틈이 벌어져도 결코 비는 오지 않는다는 것을 알았습니다. 슬프다 못해 비참해졌고, 이윽고 황폐해졌습니다. 그나마 술이 소인을 위로하는 유일한 수단이었습니다. 그렇게 모든 것을 어깨 위에서 내려놓았습니다.

상감마마께서는 이렇게 말씀을 하셨다고 하더군요.

"부친상을 당하여 사사로이 당고부 송기에게 사람을 보내어 그에게 노제를 맡게 했는데, 후에 송기가 제사를 지낸 족친의 성명을 기록하여 사사로이 봉 씨를 뵈오니, 봉 씨가 즉시 호슬을 주어 사례했으나 모두 세자에게 아뢰지 않았으니, 이와 같은 온당치 못한 일이 상당히 많았다."

소인의 아비가 세상을 떠났다는 말을 전해 들었습니다. 안타깝다기보다 분했습니다. 그러나 소인의 눈에서는 눈물도 흐르지 않았습니다. 소인은 병들어 아픈 아비에게 물건이나 음식을 좀 보내도 거짓이라 여기던 세상을 살고 있었습니다.

아비가 죽었는데 사사로이라고 하셨습니까? 아비를 위해 수고한 자를 만난 것이 사사로운 일이옵니까? 아비를 위해 수고한 자를 만나 답례로 호슬을 주었다고, 그러한 사실을 만나주지도 않는 세자마마께 고하지 않았다고, 그렇게 하였다고 온당치 못한 일이옵니까?

누구를 미워하고 원망하겠습니까? 불운과 악운이 소인에게서 비롯된다고 믿고 계시는 왕세자를 미워하리까? 무관심과 방치, 힐난만 일삼으셨던 중궁마마를 미워하리까? 남자구실도 못하면서 주둥아리만 짓까부는 내시들을 미워하리까? 소인을 향하여 과감하고도 노골적으로 수군거리며 멸시하는 권 승휘의 아랫것들을 미워하리까? 소인의 운명을 탓하는 수밖에요.

하여 소인은 술을 마셨습니다. 맞습니다. 대낮부터 술을 마셨습니다. 술은 누구도 가지 못한 길을 갔습니다. 시

간이 멈추고, 장마가 아니라도 비가 내렸습니다. 그러자
드디어 눈물이 나왔습니다.

보리알의 추리

강 형사를 믿지 마세요. 그게, 무슨 말씀이세요? 추리를
해보면 그 사람 의심스러운 게 한두 가지가 아니에요. 경
찰을 의심하다니 제정신이세요? 하나씩 추리를 해봅시다.
제가 소설 이어쓰기를 한 사람들의 명단을 넘겼는데 지연
씨에게 다시 만들어달라고 했다면서요? 그건 맞아요. 그
리고 김경수의 사망 시점을 경찰이면 대충은 짐작할 수
있는데 모른다고 잡아떼더군요.

사, 사망 시점을 금방 알 수 있나요? 자세한 건 저도 잘
모르는데 통상 직장 체온을 바탕으로 한 '헨스게 계산도
표'와 사후 강직도 등이 이용된다고 해요. 그러면 강 형사
님이 뭔가 알고 있으면서도 숨기는 게 있다는 말씀이세
요? 제 생각에는 그래요. 보고서도 살펴보니 엉망이던데
숨기는 게 역력해요.

그렇지만 강 형사님을 의심하는 것은 무리예요. 왜죠?

김경수 씨가 발견된 날 전후의 알리바이가 완벽해요. 어떻게 그걸 알죠? 그, 그게…… 맞아요, 그날이 바로 김 기자님과 함께 술을 마시고 억병으로 취한 날이잖아요? 아, 그렇지.

어쨌든 강 형사님은 저를 의심하고 있더군요. 어쩌면 김 기자님도 의심하고 있는지도 모르죠. 그 점은 예상하고 있었어요. 정말로요? 그렇죠. 미완성이지만 소설『거짓말쟁이들의 추리』를 갖다준 것도 저잖아요. 아, 그렇긴 하네요. 그나저나 범인의 윤곽도 잡지 못하고 있으니 무서워 죽겠어요. 그러게나 말입니다. 모르긴 해도 저와 김 기자님도 미행을 당하고 있을지도 모르겠네요. 추리가 대단하시네요, 덕분에 등골이 오싹합니다만.

어렸을 때 찬란이와 처음 만났던 날이 아직도 생생해요. 찬란이와 저는 사실 배다른 자매가 아니에요. 찬란이는 우리 집에 입양이 되었다가 파양되고 말았었죠. 파양이요? 엄마와 아빠가 입양한 아이였는데 결국 입양기관으로 돌아가고 말았어요. 우리 식구들도 찬란이 때문에 애를 많이 먹었거든요.

그 아이는 당시 일곱 살이었는데 누구보다도 예쁜 아이였지만 자신의 이름과 성을 포기할 수 없다고 우길 정도로 너무 고집이 셌지요. 뿐만 아니라 엄마의 마음만 사로잡으면 우리 집에서 오래 살 수 있다고 생각했는지 엄마에 대한 집착이 심했어요. 상대적으로 아빠에게는 눈에 불을 켜고 거부반응을 일으켰고요. 머리를 쓰다듬는 아빠의 손등을 피가 나도록 깨물었으니까요.

찬란이 때문에 아빠와 엄마는 하루가 멀다 하고 싸웠어요. 제 기억에도 엄마와 아빠의 갈등이 너무 심했어요. 엄마는 그 아이를 기르겠다고 하고, 아빠는 도저히 안 되겠다고 하고. 그 아이 때문에 한 가족이 불행해진 셈이었죠. 그래서 파양할 수밖에 없었군요. 맞아요. 얼마나 함께 지냈나요? 그 아이가 늦봄에 와서 크리스마스를 지내고 갔으니 한 7, 8개월 같이 살았어요.

어떻게 다시 만나게 되었죠? 이름이 옛날과 같으니까 저는 신인 영화배우였던 그 아이를 금방 알아보았죠. 혹시나 해서 SNS로 메시지를 보냈는데 바로 답이 왔어요. 제 이름도 정확히 기억하고 있더군요. 불쌍해 죽겠어요. 범인을 꼭 잡아야 해요, 도와주세요.

수요일 야간반의 추리

김형석 기자, 그 새끼를 도저히 믿을 수가 없어. 그게, 무슨 말씀이세요? 의심스러운 게 한두 가지가 아니거든. 너도 그래? 제가 뭘요? 왜 자꾸 그 씨발놈을 몰래몰래 만나는 거야? 저를 미행하고 계시는 거예요? 하여간 개썹에 보리알 같은 그 새끼를 만나지 말란 말이야, 그러다 다쳐.

김 기자가 의심스러운 근거를 대보세요. 수사기밀상 밝히기는 그렇고 기운이 좀 나는데 한 번만 더 하자. 세 번이나 했어요, 그만 좀 해요. 하룻밤에 일곱 번은 해야지 좋으면서 왜 그러냐? 그럴 기분이 아니에요. 촌년이 바람나면 썹구멍에 불이 나는 법이란다. 한 번만 더 하자. 누구더러 촌년이래? 지금 장난할 기분이 아니라고요. 한 번만 더 해주면 근거를 대주마. 에이, 색마새끼! 아, 알았다. 썹에 정드는 법이거든, 이해해라.

아, 그리고 분명히 말해둘 게 있는데……. 뭔데요? 우리 반장님이 그러는데 썹은 준 년이 먼저 소문낸다고 하더라. 그게 무슨 말이에요? 우리가 썹하는 것에 대해 비밀을 지키자 그 말이야.

딴말은 그만하고 김 기자가 왜 의심스러운지 말해봐요.

일단 생긴 게 오줌발에 씻겨 나온 것 같잖아. 그만 좀 해요. 아, 알았어. 소설 이어쓰기 합평회에서 말하는 김 선생이 내가 보기에 김 기자야. 맞아, 틀려? 아셨군요. 개도 안다, 이년아. 욕 좀 빼면 말을 못 해요? 씹 좆을 빼면 말이 된다고 생각하냐, 넌? 강 형사님은 구제불능이에요.

하여간 그 새끼는 여자에 대한 증오가 있거나 연민을 갖고 있을 거야. 근거는요? 근거 같은 소리 하고 있네. 소설이랍시고 『거짓말쟁이들의 추리』를 들고 와서 연쇄 살인과 관련이 있다는 말을 하는 것 자체가 어설펐어. 그래서요? 아이피 추적하면 인터넷에 누가 글을 올렸는지 다 아는데 그 소설을 쓴 사람들을 모른다고 한 게 말이 돼? 그래서요? 얘들이 하는 짓이 똑같네. 지금 나를 취조하는 거냐?

말해보세요, 김 기자가 왜 여자에게 연민이 있거나 증오가 있느냐고요? 소설 내용을 보니까 순빈이라는 봉 씨가 억울해 죽겠다는 얘기만 하는데 역사적 사실이 그렇게 함부로 평가할 얘기냐? 그래서요? 그런 글들을 쓰게 하고 평가하고 어떤 식으로든 관여했다면 그 새끼가 의도하는 바가 분명히 있다, 이거야. 그러니 다 아는 여자들이니 용도 폐기하려고 했을지도 모르는 거지. 범인으로서는 충분한 동기가 있는 셈이지.

　김경수가 변사체로 발견된 날 전후로 강 형사님과 억병으로 술에 취했던 것은 아시죠? 나만 취하고 그 새낀 멀쩡했는지도 모르지. 그건 제가 보증해요. 눈이 완전히 풀린 데다가 자신이 왜 그 자리에 있는지도 모를 정도로 취했어요. 그 새끼 범인이 아니라고 해도 좆도 모르면서 송이버섯 따는 거야. 그 새끼의 가면을 내가 벗겨낼 테니까 두고 보라니까. 자, 이제 한 번만 더 하자. 부탁이다.

제4장

황조가가 흐르는 풍경

이 암연을 어이 할꼬

소인은 사가에서 벌어지는 남녀 간의 사랑을 알 턱이 없습니다. 하오나 임께서 소인을 버리시고 권 승휘만을 찾으시니 국모의 길을 버릴 수밖에 없었습니다. 소인은 여인의 길도 포기할 수밖에 없었습니다. 상감마마께서도 소인의 입장과 상황을 모르시지는 않을 테지요.

암연이었습니다. 진정 암연이었습니다. 세자마마가 야속했습니다. 소인이 원손을 얻을 수 있는 기회도 갖지 못한 채 사라져야 하는 이 더러운 운명을 어찌 받아들여야 할지 도무지 알 수가 없었습니다. 술을 마셨습니다. 낮이

고 밤이고 술을 마셨습니다. 애가 탄다는 말을 알게 되었
습니다. 그리고 소인은 울었습니다.

세자마마께서 조금만 소인에게 친절하셨다면, 바람결
에라도 소인에게 눈길을 주셨다면 이렇게 서럽지는 않았
을 것입니다. 세자마마의 손길은 바라지도 않았습니다.
하물며 원손을 얻을 기회는 꿈도 꾸지 않았습니다. 조금
만, 단지 조금만 소인에게 친절하셨다면 이렇게 망가지지
는 않았을 것입니다.

세자마마, 소인의 몸과 마음을 이렇게 길들여놓고 방치
하신 이유는 무엇입니까? 소인의 가슴이 까맣게 타들어
가는 것을 모르셨습니까? 알면서도 애써 피하셨습니까?
소인이 어찌하면 좋겠습니까? 혀를 물고 죽으면 시원하
시겠습니까? 진정 그것을 바라십니까?

권 승휘에게 다시 태기가 있다는 것을 전해 들었습니
다. 올 것이 오고야 말았습니다. 세자마마께서 짐작하시
듯 질투는 나지 않았습니다. 맹세코. 상감마마께서, 혹은
중궁마마께서 추리하듯이 시기심은 일어나지 않았습니
다. 그저 올 것이 오고 말았다는 생각뿐이었지요. 맹세코.

그러나 암연은 어쩔 수 없었습니다. 그저 슬프고 침울
해질 뿐이었습니다. 질투나 시기심하고는 다른 감정이었

습니다. 못다 한 사랑이 아쉽고 슬펐고, 그래서 우울할 뿐이었습니다. 암연한 마음을 다스리는 것은 술이었고, 시였습니다. 술은 몸을 달래주었고, 시는 마음을 달래주었습니다. 술은 늘 몸과 마음을 갈라놓았으나 시는 몸과 마음을 붙어 있게 만들었습니다. 이것만이 소인이 죽지 않고 살아 있는 방법이었습니다.

상감마마께서는 말씀하셨습니다.

"나는 모두 부인이 사리의 대체를 알지 못한 때문이라 하여, 이를 내버려두었는데, 요사이 듣건대, 봉 씨가 궁궐의 여종 소쌍이란 사람을 사랑하여 항상 그 곁을 떠나지 못하게 하니, 궁인들이 혹 서로 수군거리기를, '빈께서 소쌍과 항상 잠자리와 거처를 같이한다.'고 하였다. 어느 날 소쌍이 궁궐 안에서 소제를 하고 있는데, 세자가 갑자기 묻기를, '네가 정말 빈과 같이 자느냐.'고 하니, 소쌍이 깜짝 놀라서 대답하기를, '그러하옵니다.' 하였다."

고단한 소인의 인생을 알고나 하시는 말씀이옵니까? 소인의 형편을 살피시고 이러한 모함을 듣지 않으셔야 하옵니다. 뭘 알고나 추리를 하셔야 하옵니다. 저 쳐죽일 천 개의 눈과 귀를 색출하여 문초를 하셔야 하옵니다. 저 간악한 무리들을 가려내어 물고를 내셔야 하옵니다.

술이 술을 부르고, 시가 시를 부르던 날, 여종 소쌍이 소인의 거처에서 잠을 자고 간 것은 사실이옵니다. 술상 앞에서 소인의 처지를 지켜보며 눈물짓던 여종 소쌍에게 술을 권하긴 했습니다. 굳이 윗사람과 아랫것을 구분하지 않더라도 누군가를 위해 눈물을 흘린다는 것이 어디 쉬운 일이겠습니까. 한 잔, 두 잔 술을 마시다 보니 여종 소쌍은 졸기 시작했습니다. 소인이야 술에 익숙해져 멀쩡했습니다만 소쌍은 이내 바닥에 쓰러져 잠에 빠지고 말았습니다.

소인은 매정하게 소쌍을 나무랄 수 없었습니다. 어린 그 아이가 처량한 소인을 위해 눈물을 흘리고, 소인이 권한 술을 마시고 잠이 들었는데 규율만 따질 문제가 아니었습니다. 소인은 침구를 챙겨 그 아이의 몸을 덮어주었습니다. 그렇게 새벽은 깊어갔고, 어디선가 새의 울음이 들렸습니다. 소인의 울음처럼 새가 울었습니다.

그날의 일을 아는 자는 소인과 소쌍이 전부였습니다. 하오나 소인에게 소쌍이 나아와 밝힌 내용은 간악한 자들의 음해와는 다른 것이었습니다.

"순빈마마, 세자마마를 뵀는데 마음이 편치 않습니다."

"……"

세자마마라는 말을 듣자 가슴 한쪽이 푹 꺼지는 감정이

치솟았으나 소인은 꾹 참았습니다. 소쌍은 말을 이었습니다.

"소인이 궁궐 안에서 소제를 하고 있었사온데 세자마마께서 직접 부르시어 물으셨습니다."

"뭐라 말씀하시더냐?"

"네가 정말 빈과 항상 같이 자느냐?"

"아, 아니옵니다. 어찌 그런 일이 있겠사옵니까?"

"그러면 한 번이라도 빈궁의 처소에서 잔 적이 없더냐? 거짓을 아뢰었다가는 경을 칠 것이야!"

"하, 한 번은 있었사옵니다. 이 미천한 것이 마마께서 권하시는 술을 한두 잔 마시고 곯아떨어진 적이 있었습니다. 딱 한 번이었습니다."

여종 소쌍의 말로는 세자마마께서 그저 고개만 끄덕이시더라고 했습니다. 이는 분명 사실이옵니다. 소인의 형편을 살피시고 이러한 모함을 듣지 않으셔야 하옵니다. 뭘 알고나 추리를 하셔야 하옵니다. 저 쳐죽일 천 개의 눈과 귀를 색출하여 문초를 하셔야 하옵니다. 저 간악한 무리들을 가려내어 물고를 내셔야 하옵니다.

한 마리 길 잃은 양

보디빌더요? 그냥 동네 오빠일 뿐이에요. 연하라면서요?
누가 그래요? 저보다 세 살이 많아요. 초등학교 때부터 절
따라다녔으니까 오래되었죠. 결혼할 거라면서요? 누가 그
래요? 도대체 누구에게 무슨 말을 들었는지 모르겠지만
절대로 그런 일은 없어요. 보기에는 우락부락해 보여도
착해요. 제 일에 크게 간섭도 안 하고 제가 하라는 대로
하죠. 그게 저와 그 오빠의 관계가 유지되는 유일한 조건
이죠. 곁에 있게 해줄 테니 간섭은 하지 말라는, 그런 암
묵적인 거래가 있는 셈이죠.

모르긴 해도 오빠와 저는 아담과 릴리스였을지도 몰라
요. 그런 얘기 들어보셨어요? 성경에서 아담과 동시에 창
조되었다는 여성의 이름은 릴리스였대요. 릴리스는 아담
과 성격 문제로 결별하고 에덴의 동산을 떠났죠. 아담은
순종적이고 사근사근한 여성을 원했으나 릴리스는 개방
적이고, 독립성이 너무 강했고, 성적 욕구나 모든 면에서
아담과 동등하길 원했던 것이죠. 결국, 이브는 아담의 두
번째 아내였다고 해요.

아마 제가 초등학교 3학년 때였을 거예요. 엄마를 따라

늘 교회에 가야 했었죠. 그때 그 오빠를 만났어요. 정확하게 말하면 그 오빠가 저를 따라서 교회에 온 셈이었죠. 그러던 어느 날이었어요. 교회 회의실에 목사님, 전도사님, 장로님, 교사들이 다 모여 있었어요. 회의의 안건은 초등부 예배가 끝난 후 헌금함에 들어 있던 물건 때문이었어요. 헌금함에 들어 있는 물건은 다름 아닌 사시미 칼이었죠.

이건 분명 경고입니다. 한 장로님이 그렇게 말씀하셨어요. 경고라니요? 목사님이 근심 어린 표정으로 물으셨습니다. 우리 교회에 위협을 가하고 있는 것이죠. 그렇지 않고서야 헌금함에 저 무서운 사시미 칼이 들어 있을 리가 없지 않습니까? 그렇기는 하지만 뭔가 착오가 있을지도 모르지요. 잠자코 있던 전도사님이 말했어요. 사시미 칼을 언제 발견했지요? 목사님이 다시 물었습니다. 글쎄, 초등부가 끝나고 그랬는지 중고등부가 끝난 다음인지 헷갈립니다. 교사 중의 한 명이 대답했습니다.

어쨌든 교회를 협박하기 위한 위협용이라는 결론에 도달하고 모두들 공포에 떨기 시작했습니다. 누가 그 칼을 헌금함에 넣었을까를 놓고 의견이 분분했죠. 타 종교, 재개발을 노리는 조폭 등등이 거론되었습니다. 사람들은 회의에 몰입한 나머지 제가 회의실 한쪽에 우두커니 앉아 있는 것을 전혀 알아채지 못했습니다.

지연아, 너 거기서 뭐 하고 있는 거니? 그때서야 한 선생님이 제가 그 자리에 앉아 있다는 것을 알아채고는 소리를 쳤습니다. 어른들이 중요한 일로 회의 중이니 나중에 오겠니? 저는 들은 척도 하지 않았습니다. 꼭 어른들에게 해야 할 말이 있었기 때문이었습니다. 드릴 말씀이 있어요. 나중에 오너라, 지금은 어른들이 회의를 하고 있잖니. 전도사님이 화난 표정으로 말씀을 하셨습니다. 6학년 남자아이가 몇 달 전부터 저를 따라다니고 있어요. 제가 그렇게 말하자 이번에는 목사님이 나섰어요. 지연아, 그런 얘기는 나중에 하자. 지금은 시기가 아주 좋지 않거든.

그렇지만 저는 거기서 물러날 수가 없었어요. 저는 초등부 담당 전도사님과 할 얘기가 있다며 고집을 부렸지요. 담당 전도사님이 저를 앞장세우는 바람에 밖으로 나올 수밖에 없었습니다. 저는 담당 전도사님께 같은 말을 반복하기 시작했어요. 6학년 남자아이가 몇 달 전부터 저를 따라 교회에 나오기 시작했다는 것. 거기까지 얘기했을 때 전도사님의 얼굴은 굳어 있었습니다.

그런데 그 오빠는 과하다 싶을 만큼 주변에 있는 아이들에게 인기가 높았습니다. 전도사님이나 교사들이 과자를 사주는 것 이상으로 아이들에게 많이, 그것도 여러 번 선심을 쓰기 때문이었죠. 그러나 어느 날 저는 그 오빠의 비밀을 목격하게 되었습니다. 그 오빠가 헌금함에 헌금을 넣는 척하면서 헌금을 한 주먹씩 빼내다 저에게 들킨 것이었습니다. 때문에 저는 오빠에게 다그쳤습니다. 당장 하나님에게 용서를 구하지 않으면 다시는 보지 않겠다고.

오빠의 말로는 제3자들은 빠지래요. 그게 무슨 소리니? 오빠는 하나님과 담판을 짓겠대요. 고민을 거듭한 오빠는 하나님께 용서를 비는 것이 아니라 화해를 하겠다고 선언했어요. 그 증거로 사시미 칼을 헌금함에 넣은 것이었습니다. 오빠의 아버지는 조폭이고, 아버지의 방식을 따른 것이라는 걸 저는 알았죠.

저는 다시 회의실로 불려갔습니다. 목사님의 설득력 있는 설명을 통해 저는 방식이 잘못된 것이라는 걸 깨달았습니다. 그러나 저는 제가 어떻게 해야 하는지 가장 존경하는 전도사님의 명령이 있어야만 바꾸겠다고 했습니다. 때문에 전도사님은 그 오빠를 옳은 길로 인도해야 한다고 타이르곤 하셨죠. 그 결과가 여기까지 온 셈이에요. 지금은 교회도 떠났고, 한 마리 길 잃은 양이 됐지만 내가 이렇게 된 게 자신의 탓이라고 여기고 있어요. 제가 그리 망가진 것도 아닌데 말이죠.

김 기자님, 왜 웃으세요? 어이가 없군요. 왜죠? 제가 박지연 씨에 대해 알고 있는 정보가 모두 틀리네요. 그게 무슨 말씀이세요? 그러면 몇 가지만 물어보죠. 나이는? 31세! 대학에서 전공한 과목은 뭐죠? 전문대학에서 문예창작을 전공했어요. 마지막으로 하나만 더! 뭐죠? 그 보디빌더의 이름은 무엇이죠? 서형철! 어디 가세요? 강 형사를 만나러 가야겠어요. 아 참, 서형철 그 친구 지금 어디 있죠? 모르겠어요. 모른다고요? 며칠째 안 보여요. 이런 일은 없었는데.

압연 뒤에 돌려오는 것들

임을 품은 사랑의 무덤 속은 대낮보다 밝으리라 생각했습니다. 실제로 그랬습니다. 세자마마께서 소인의 몸과 마음을 사랑하실 때 밤은 대낮보다 밝았고, 세상은 온통 소인에게 친절했습니다. 하오나 사랑이 떠나가면 내전도 무덤이며, 밝은 대낮도 암흑으로 가득 찬다는 사실을 알았습니다. 사랑이 떠나가면 바로 그 자리가 지옥이며, 사랑이 떠나가면 지켜야 할 도리만 남는다는 것을 깨달았습니다.

폐위된 휘빈이 왜 스스로 죽음의 구렁텅이로 뛰어들었는지 이제야 알게 되었습니다. 왕세자께서는 소인을 불행을 몰고 온 아귀로 여기셨으나 다 핑계라는 것을 인정하셔야 할 것입니다. 휘빈이 폐위를 당한 까닭이 무엇입니까? 휘빈이 왕세자마마의 마음을 얻기 위해 압승술을 썼기 때문이라고 하셨습니까? 휘빈이 질투가 심하여 폐위를 하셨습니까?

감히 말씀을 드립니다만 휘빈을 죽음으로 몰아간 것은 왕세자마마의 무관심 때문이었습니다. 화복을 누르기 위해 압승술을 썼다 한들 휘빈은 왕세자마마를 사랑하였습니다. 질투가 심하여 마음에 불을 품고 있었다 한들 하늘 아래 하나의 태양만 그리워해야 할 여인의 운명이었습니다.

소인은 이제 왕세자마마께서 소인의 몸과 마음에서 멀어져 간 까닭이 더 이상 궁금하지 않습니다. 서로 사랑했던 연인이 헤어진 이유가 도대체 왜 중요하겠습니까? 수만 가지의 사연이 있다 한들 그때 그 순간, 지금 이 순간, 서로가 서로를 사랑하지 않는 것만으로도 이별의 이유는 충분한 것입니다.

하오나 떠나간 사람은 또 다른 사랑을 만나 행복하거늘

왜 상처받고 버림받은 사람은 지옥에 남아 추억만 사랑해야 하는지요. 휘빈이나 소인이나 뭐가 다른지요? 휘빈이나 소인이나 세자마마를 조금만 사랑했다면, 휘빈이나 소인에게 세자마마께서 조금만 친절했다면 이토록 추억이 밉지는 않았을 것을. 상감마마께서, 중궁마마께서 이 못난 것들을 조금만 사랑했다면 이토록 망가지지 않았을 것을.

하오나 상감마마께서는 말씀하셨습니다.

"그 후에도 자주 들건대, 봉 씨가 소쌍을 몹시 사랑하여 잠시라도 그 곁을 떠나기만 하면 원망하고 성을 내면서 말하기를, '나는 비록 너를 매우 사랑하나, 너는 그다지 나를 사랑하지 않는구나.' 하였고, 소쌍도 다른 사람에게 늘 말하기를, '빈께서 나를 사랑하기를 보통보다 매우 다르게 하므로, 나는 매우 무섭다.' 하였다. 소쌍이 또 권승휘의 사비 단지와 서로 좋아하여 혹시 함께 자기도 하였는데, 봉 씨가 사비 석가이를 시켜 항상 그 뒤를 따라다니게 하여 단지와 함께 놀지 못하게 하였다."

말씀을 드렸습니다만 발칙하다 나무랄 것이고, 천하다 책망하시겠지만 소인은 결코 부끄럽거나 후회가 남아 있지 않습니다. 어떤 격식도 차릴 생각이 없습니다. 주상전하께서 오해하고 계신 것에 대해서 있는 그대로의 것을 밝혀 거짓을 아뢴 자들의 허구가 얼마나 간악한 것인지 밝히고자 할 뿐입니다.

휘빈을 비롯하여 소인을 폐위하신 주상전하의 심중, 그리고 빈들을 죽음의 구렁텅이에 몰아넣어 방치하신 왕세자마마, 더불어 권력을 잡고자 휘빈과 소인을 추악한 소문으로 몰아간 간신배들의 의도를 짐작할 수 있습니다.

간신배들은 휘빈의 아비 총제 김오문이 권력에 너무 가까이 다가갔다고 판단하여 어떻게든 몰아낼 궁리를 하다가 사특한 것들을 동원하여 휘빈의 마음을 움직였던 것입니다. 휘빈이 사특한 것들의 꼬임이 아니고서야 어찌 압승술을 알았겠습니까? 듣자온데 하물며 물증도 전혀 없었습니다. 휘빈이 비록 뱀이 교접할 때 흘린 정기를 닦은 수건을 몸에 지녔다고 하지만 대궐에서 무슨 수로 교미하는 뱀을 구하며, 대궐 밖에서 뱀의 정기를 묻힌 수건을 구해 왔다고 해도 명백한 물증으로 볼 수도 없습니다. 아울러 작정하고 거짓 증언을 해대는 아랫것들을 무슨 수로 이겨낼 수 있었겠습니까?

왕세자마마께서는 휘빈의 죽음을 안타까워하신 모양새를 보이셨으나 이 또한 믿을 수 없습니다. 세자께서 소인의 거처에서 정을 나누실 때 소인을 휘빈으로 혼동하여

질겁하신 것이 한두 번이 아니셨으며, 이것은 선의를 가장했다는 명백한 증거입니다. 왕세자께서는 휘빈을 그리워하신 것이 아니라 증오하고 계셨던 것입니다.

더군다나 세자께서는 휘빈의 죽음과 세상을 떠난 권 승휘의 여식 현주의 불행을 소인에게서 비롯된 것으로 몰아 스스로의 책임에서 벗어나려 하셨습니다. 이제는 갓 태어난 권 승휘의 여식 평창군주를 보호하겠다는 허울 좋은 명목으로 혈안이 되시어 소인의 폐출을 주도하신 것입니다.

뿐만이 아닙니다. 왕위에 오르셔서 혈기 왕성하셨던 주상전하께서는 잘 따르지 않는 신하들에게 본때를 보이고 싶으셨을 겁니다. 장인이라 하여도 말을 듣지 않으면 빈을 폐하여 기강을 잡으신 게 아니고 무엇입니까? 그리하여 다시 왕의 장인이 될 기회를 열어두어 권력을 탄탄하게 세우신 것이 아니고 무엇입니까?

소인은 국모의 길을 포기하였습니다. 아니, 국모의 길을 포기하게 만들고, 하늘을 날아다니는 꾀꼬리만도 못한 굴종의 여인의 길로 소인을 떠민 것은 간신배들이요, 왕세자요, 중궁마마시요, 주상전하이십니다. 하여 소인은 국모도 아니요, 여인의 길도 아닌 길을 불 밝히며 걸어야 했던 것입니다.

처음부터 여종 소쌍에게서 그 길을 찾고자 했던 것은 아닙니다. 처음에는 소쌍이 권 승휘의 사비 단지와 가까이 지내는 것에 염려가 있었습니다. 소인의 일거수일투족이 소상하게 권 승휘에게 알려지고 있었으니 그런 의심을 품지 않는 것이 이상할 정도였으니까요.

그러나 그것은 기우였습니다. 소쌍은 소인에게 고했습니다.

"순빈마마, 소인이 단지를 가까이하는 것은 달리 이유가 있습니다."

"무, 무슨 말이냐?"

"적을 알면 백전백승이라고 하잖습니까?"

"그래서?"

"소인이 단지에게서 들은 이야기가 있으면 소상하게 알려드리겠사오니 오해하시면 안 됩니다. 소인을 믿으셔야 하옵니다."

소인은 소쌍을 믿었습니다. 소인이 지쳐 눈물을 흘릴 때 제 곁에 있었던 사람은 소쌍이었습니다. 소인이 몸이 아파 서러울 때 늘 곁에 있었던 사람은 소쌍이었습니다. 소인이 암연으로 인해 바닥으로 가라앉아 절망할 때 제 곁에 있었던 사람은 주상전하도, 중궁마마도, 세자마마도 아니라 몸종 소쌍이었던 것입니다.

'나는 비록 너를 매우 사랑하나, 너는 그다지 나를 사랑하지 않는구나.'라고 소인이 소쌍에게 말했다고 하셨습니까? 터무니없는 말입니다. 소인은 소쌍에게 말했습니다.

"늘 곁에 있어주니 고맙구나. 네가 멀리 있는 내 부모형제보다 낫구나. 그 정인을 잊지 않으마."

소인이 그렇게 말하자 소쌍은 감격에 겨워 눈물을 흘렸습니다. 측은지심이었던 것입니다.

'빈께서 나를 사랑하기를 보통보다 매우 다르게 하므로, 나는 매우 무섭다.'라고, 소쌍이 다른 사람들에게 말했다고요? 모함입니다. 소쌍은 말했습니다.

"순빈마마는 강하십니다. 마마께서는 상심이 크시면서도 저 같은 아랫것들에게도 항상 미소를 잃지 않으시니 보통 사람과는 매우 다르십니다. 아프면서도 참으시는 것이 측은하여 어느 때는 무서울 정도입니다."

'소쌍이 또 권 승휘의 사비 단지와 서로 좋아하여 혹시 함께 자기도 하였는데, 봉 씨가 사비 석가이를 시켜 항상 그 뒤를 따라다니게 하여 단지와 함께 놀지 못하게 하였다.'고 하셨습니까? 도대체 어떤 자가 그 같은 사악한 말을 아뢰어 상감마마의 성정을 흐린답니까?

사비 석가이는 소인에게 말하기를 소쌍이 의심스러워 뒤를 밟고자 한다고 고했으나 소인은 단호히 말렸습니다. 사실 석가이가 소쌍을 마음에 두고 있는 것은 오래전에 알고 있었으나 소쌍을 믿었기에 어쩔 수 없는 노릇이었습니다. 소인으로서는 석가이가 어떤 일을 했는지는 소상히 알 수가 없었습니다. 진실은 이러하옵니다.

사랑은 개나 물어가라고 해라

야, 이 개섭에 보리알! 너, 일루 와봐! 그렇지 않아도 상의를 드릴 게 있어서 급히 오는 길이잖아요. 상의? 게으른 놈이 좆 주무르고 있네, 씨발. 너, 그동안 거짓 정보만 흘리고 사기를 쳤으니까 이건 공무집행방해죄야. 각오해. 그동안 오보를 날린 제 심정은 어떻겠습니까? 심정 같은 소리 하고 자빠졌네. 내 좆은 뭐 개 좆인 줄 아냐, 앉기만 하면 까지게? 니 말은 이제 콩으로 메주를 쑨다고 해도 안 믿어. 죄송합니다, 전들 속고 싶어서 속았습니까? 강 형사님이 위험해질 수도 있으니 제 말 좀 들으세요. 귓구멍에 당나귀 좆을 박았냐? 내 말 못 들었어? 나 이제 니

141

말은 죽어도 안 믿어.

어쨌든 박지연 옆에 붙어 있던 그 보디빌더의 이름이 서형철인 것은 아시죠? 난 귀 없다. 그 친구의 말을 곧이 곧대로 믿은 제 불찰입니다. 난 입도 없다. 왜 이러세요? 강 형사님이 박지연과 주무신 거 다 압니다. 이런 씨부랄 놈이 다 있나. 누가 그래? 그년이 그런 말을 해? 아뇨. 그러면 도망친 서형철 그 새끼가 알려주던? 아뇨, 짐작이었는데 맞긴 맞는 모양이군요. 아, 씨발! 요즘 것들은 준 년이 소문내고 다닌다더니 그 말이 맞나 보네. 박지연이 직접 말한 건 아니라니까요. 그래서? 날더러 어쩌라고? 씹값이라도 낼까? 좋아, 130개월 할부로 낼 테니까 영수증 가지고 와!

상황이 심각한 것 같아요. 연쇄 살인이 안 심각하면 뭐가 심각한 건데? 그만 이죽거리세요. 강 형사님이 위험해질 수도 있다니까요. 서형철이가 강 형사님을 노리고 있을 수도 있단 말입니다. 개가 왜 날 노려? 강 형사님과 박지연의 관계를 그 친구가 모를 리가 없지요. 알면? 박지연에게 들어보니 그 친구 조폭 출신에 초등학교 때부터 지금까지 따라다니고 있다고 하잖아요. 그럼 그놈이 이번 연쇄 살인과 밀접한 관계가 있을까? 그거야 모르죠.

오랜만에 죽기 살기로 그놈과 맞짱 한번 뜨면 그것도 사는 재미니까 됐고. 그리고요? 문제는 너야. 제가 왜요? 거짓말하지 말고 하나씩 추리 좀 해보자고. 추리요? 그래, 추리. 뭐부터 할까요? 묻는 말에나 대답해. 알았습니다.

처음 내 집까지 찾아와서 내민 소설 『거짓말쟁이들의 추리』는 어떤 경로로 입수했지? 제보를 받았어요. 프린트된 원고는 우편으로 받았고요. 죽은 오찬란의 이메일 자료는 박지연에게 받았고? 네. 그러면 소설 합평회는 언제부터 참여했지? 소설 이어쓰기가 시작된 지 다섯 번째였을 거예요. 딱 한 번. 박지연은 어떻게 알게 되었지? 메일로 연락이 와서 만나게 되었습니다. 자세히 좀 얘기해봐. 알았습니다.

제가 우리 신문에 「범인의 흔적을 찾아서」라는 연재물을 쓰고 있는 것은 아세요? 몰라. 몰라요? 아, 이거 섭섭하네요. 인기 절정인데. 미친 중놈 집 헐고 자빠졌네. 대단하시네요. 뭐가? 어디서 그런 욕을 다 배우셨어요? 물개 앞에서 좆 자랑하는 말이지만 우리 반장님도 보통이 아니고, 우리 아버지가 욕쟁이였다. 어쩔래? 아, 내림이시네. 어쨌든 제 신문 연재물을 보고 독자라며 메일을 보내왔어요. 박지연이? 네. 뭐라고? 여러 사람이 소설 공부를 하고 있는데 범죄 수법에 대한 여러 가지 조언을 좀 해달라는 거예요. 그래서? 그래서 그 모임에 가게 되었죠. 그런데……. 그런데, 왜?

그날의 모임에서 전 별로 할 말이 없었어요. 소설의 시대적 배경도 조선이고 범죄 수법과 관련된 내용도 없었거든요. 오자나 비문을 좀 잡아주는 정도밖에 할 얘기가 없더라고요. 비문이 뭐냐? 문법에 맞지 않는 문장이요. 계속 해봐. 그 일이 있고 얼마 지나지 않아 갑자기 연쇄 살인이 일어나고, 내가 본 소설이 포함된 프린트가 우편물로 도착하니 뭔가 일이 이상하게 돌아간다는 생각을 하게 되었죠. 그래서? 어차피 취재는 해야 했고, 강 형사님을 찾게 되었죠. 박지연의 부탁은 없었고? 있었죠. 동생이 죽었으니까? 네.

그런데 배우 오찬란은 박지연의 친동생도 아니지만 배다른 자매도 아니에요. 그게 무슨 말이냐? 죽은 오찬란은 어렸을 때 박지연네로 입양됐다가 파양한 아이래요. 그래? 박지연의 입으로 직접 말했으니 거짓은 아닐 겁니다. 그렇군. 참, 그 소설 이어쓰기를 한 사람들을 왜 모른다고 했어? 합평회를 했을 때 봤을 거 아냐? 그땐 누가 누군지 몰랐죠. 그 명단을 만들어서 전해드렸는데 왜 박지연에게 다시 만들어달라고 하셨나요? 둘 다 의심스러우니까. 저하고 박지연이요? 그래. 김경수의 사망 시점은 왜 숨기셨죠? 네가 의심스러우니까. 넌 우리 보고서를 귀신같이 알아냈잖아. 그러니 알려줄 필요도 없었지. 그 소설의 프린트물을 보낸 것은 박지연이었지? 물어봤는데 아니래요. 아니래? 네. 아, 씨발. 감이 안 잡혀서 졸라 골치 아프네. 그러게요. 생각 좀 해보자, 생각 좀.

개인적인 거 물어봐도 되나요? 뭔데? 박지연과 주무신 건 확실한 거죠? 뭐가 궁금한 건데? 미안하지만 두 사람이 매치가 잘 안 돼요. 잘 안 어울린단 얘기지? 네. 좆도, 그러면 그렇게 물으면 되지 뭐 하러 빙빙 돌려서 말하냐? 제 얘긴 안 하던가요? 하던데? 뭐라고요? 안 가르쳐줘. 하여간 그렇게 흐벅진 년은 처음이야. 그런데 왜 그렇게 풀이 죽냐? 너도 했어? 아뇨, 유혹은 있었지만 제 타입이 아니에요. 타입 같은 소리 하고 자빠졌네. 하기사 우리 나이면 이제 남이 흘린 거 주워 먹을 나이지만 줘도 못 먹으면 어떡하냐? 반성해라, 이놈아. 박지연을 사랑하세요? 사랑? 그게 기자가 할 말이냐? 사……랑? 하이고, 사랑은 개나 물어가라고 해라.

대한민국 경찰의 명예가 달린 문제

반장님, 오늘은 과장님도 참석하십니까? 그려, 그러니까 늙었다는 소리 듣지 말고 보고나 잘혀. 일타 쓰리피 말고 는 잡은 게 없잖여? 그건 그렇죠. 만만한 게 홍어 좃이다. 왜 맨날 나만 깨지게 만드냐고? 죄, 죄송합니다. 죄송이고 호송이고 일없으니께 일 좀 독하게 하셔. 네, 알겠습니다. 인정에 겨워 동네 시어미가 아홉이라는 얘기가 있어. 네? 여자가 이 청 저 청 다 들어주다가는 화냥년이 된다는 말 이야. 아, 그런가요? 인정에 얽매이지 말고 족을 쳐서라도 범인을 잡아내란 말이야. 지금, 시민들의 항의 전화가 불 을 뿜어요. 아, 알고 있습니다. 더군다나 과장님이 열 받았 어. 왜요? 왜요는 왜놈들이 쓰는 게 왜요고. 파란 집에서 전화가 온 모양이야. 그, 그렇군요. 일 좀 독하게 하시고 보고나 잘해.

피해자가 누구누구입니까? 예, 총 4명입니다. 첫 번째 여 자는 이지혜라고 술집 여자였는데, 본명은 이미자입니다. 만 32세입니다. 두 번째 여자는 김지숙인데 여성단체에서 근무하던 간사입니다. 만 31세고 범인은 잡았습니다. 세 번째는 오찬란이라고 신인 여배우였습니다. 만 25세. 네 번째는 김경수라고 대학 강사입니다. 만 33세입니다.

용의자는 누구누구군데요? 예, 용의자는 크게 두 가지로 나누고 있습니다. 첫 번째는 피해자의 주변 인물들로 1명당 3~4명으로 압축했습니다. 두 번째는 피해자들이 소설 이어쓰기라는 정기 모임을 갖고 있었는데, 그 모임을 주최하거나 참여한 인물들이 20여 명쯤 됩니다. 총 32명쯤입니다. 강 형사님! 네, 과장님! 오늘 이 회의실에 모인 사람이 몇 명쯤 됩니까? 네? 여기 모인 사람이 몇 명쯤이냐고요. 저를 포함해서 9명입니다만……. 그러면 9명쯤이군요? 아, 네……. 일을 그렇게 하시면 어떡합니까? 빨리 범인의 윤곽을 정확하게 압축하시고, 물증을 찾아내셔야죠. 간단하잖아요. …….

그 소설 이어쓰기라는 모임은 뭡니까? 홍대 앞에 있는 카페 여주인 박지연이 만든 모임인데 『조선왕조실록』에 수록된 내용을 가지고 『거짓말쟁이들의 추리』라는 소설을 인터넷에 연재하는 모임입니다. 이번 연쇄 살인과 어떤 관련이 있죠? 그 연재소설의 경우 회원들이 원고를 나누어서 쓰고 있었습니다. 여기에 참여했던 사람들 네 명이 살해를 당했습니다. 그중에서 여성단체 간사인 김지숙을 살해한 범인은 택시운전사였습니다. 모방 범죄였고……. 아, 그건 알겠고요. 그러면 소설 이어쓰기를 한 사람들은 피해가 예상되는데 누구누구입니까? 총 11명입니다. 신원 파악은 됐나요? 예. 누구누구입니까? 여기서 다 설명할까요? 그러세요, 시간은 끌지 말고 간단명료하게 설명해보세요.

이번 소설 이어쓰기에 참여한 인물들은 15명이었습니다. 그중에서 이미 살해당한 이미자, 김지숙, 오찬란, 김경수에 대한 신상은 제외하겠습니다. 김유경! 46세이고 가정주부인데 남편이 대학교수입니다. 오경아! 38세이고 출판사의 편집자입니다. 노영현! 37세이고 책을 만드는 디자이너 실장입니다. 김혜정! 42세이고 연극 대본을 쓰는 희곡 작가입니다. 박효연! 40세이고 드라마를 공부하는 대학원생입니다. 조은영! 35세이고 대학의 교무처에 근무하고 있습니다. 정윤서! 36세이고 대학에서 강의를 하고 있는 강사입니다. 이영애! 29세이고 꽃동네라는 자선단체에서 간사로 근무하고 있습니다. 김혜선! 37세이고 출판사의 편집장을 맡고 있습니다. 박유진! 36세이고 영화 세트 제작자입니다. 그리고 유일하게 남자가 있는데, 서형철, 34세이고 직업은 보디빌더라고 하는데 조폭 같습니다. 조폭? 예, 전과는 없는데 소속을 확인하고 있습니다. 행방을 감춰서 뒤를 캐고 있습니다.

반장님도 궁금한 게 있으시면 좀 물어보시죠? 지가유? 예. 그럼 몇 가지 궁금한 게 있는데…… 피해자들이 『거짓말쟁이들의 추리』라는 소설을 인터넷에 연재하고 있었는데 소설이 어떤 내용인감? 세종대왕 시절에 왕세자의 빈이 두 번에 걸쳐 폐출을 당한 일이 있었다고 합니다. 첫 번째는 휘빈 김 씨고, 두 번째는 순빈 봉 씨라고 합니다. 이번에 연재가 된 소설은 순빈 봉 씨의 입장에서 세종이 남긴 글에 해명을 하거나 반박하는 내용을 담고 있습니다. 그러면 소설 이어쓰기를 주도한 사람이……. 카페 주인인 박지연입니다. 알아, 아는데…… 박지연에게서 뭐 수상한 점은 없남? 무슨 말씀이신지? 모임을 주도했고, 그 모임에 참여한 사람이 네 명이나 죽었어. 그러면 가장 유력한 용의자가 아닌감? 그게…….

반장의 말이 맞잖아요. 소설 쓰기에 참여한 사람 중에 유일한 남자인 서형철도 수상한데 왜 소재 파악이 안 되는 겁니까? 아, 현재 가장 유력한 용의자는 서형철인데 갑자기 종적을 감췄습니다. 아울러 서형철은 모임을 주최한 박지연의 보디가드 역할을 해왔는데 사라졌습니다. 그리고 박지연의 경우에는 이번에 살해를 당한 배우 오찬란과 가족이나 진배없어서 진범으로 보기는 어렵습니다. 매사에 왜 그런 식이죠? 가족이면 가족이지 가족이나 진배없다는 것은 무슨 뜻입니까? 그게요, 박지연과 오찬란은 한때 가족이었는데, 실제로는 아닙니다. 그게 무슨 말이냐 이겁니다. 아, 오찬란이 박지연의 가정에 입양이 된 적이 있는데 갈등이 생겨 파양을 했습니다. 그러니 박지연과 오찬란은 자매나 다를 바가 없어서 박지연이 오찬란을 죽였다는 추리는 무리입니다.

박지연의 주변 인물들이 여전히 수상한데 이력은 어떻습니까? 아, 나이는 31세고 전문대학에서 문예창작을 전공했다고 합니다. 전에 받아본 보고서와 다르지 않습니까? 예? 전에 보고서에는 무용과를 나왔다고 적혀 있어요. 보고서는 다른 사람이 쓴 겁니까? 아, 혼선이 좀 있었습니다. 박지연의 치정 관계는 알아봤나요? 네? 남자관계를 조사해봤냐고요? 아, 그 점은 아직 확인하지 못했습니다. 죄송합니다. 당장 확인해요. 예, 알겠습니다. 보고서를 보니까 피해자들이 모두 옷이 벗겨진 채 열 군데 이상 자상을 입었다는데 피해자 주변에서 동일 전과범은 없었나요? 아, 그 점은 아직 확인하지 못했습니다. 죄송합니다. 살해된 피해자의 치정 문제도 확인하세요. 예, 알겠습니다. 살인사건에서 살인 도구를 찾아내는 게 얼마나 중요한지는 잘 아시겠지요? 아, 압니다.

이번 사건에 전 국민의 눈과 귀가 쏠려 있어요. 뿐만이 아닙니다. 이번 사건이 해외토픽에도 나갔기 때문에 전 세계가 우리 대한민국 경찰의 능력을 지켜보고 있다, 이 말입니다. 아시겠어요? 예, 알겠습니다. 지금으로서는 박지연과 서형철이 가장 범인으로 유력하니까 출국 금지시키고, 구속영장을 신청하세요. 그리고 수사 인력을 최대로 늘릴 것입니다. 아울러 범인이 잡힐 때까지 내가 직접 매일매일 회의를 주관하겠습니다. 그렇게 아시고 준비해주세요. 여러분들의 노고를 모르는 바가 아니지만 범인을 잡을 수 있도록 최대한 노력해주세요. 대한민국 경찰의 명예가 달린 문제입니다. 오늘 회의는 이걸로 끝냅시다.

사랑, 그 쓸쓸함에 관하여

희망이 없는 사랑을 하고 있는 사람만이 사랑을 제대로 알고 있다는 사실을 알게 되었습니다. 누군가를 사랑하게 되는 일은 참 쓸쓸한 일이라는 것을 깨달았습니다. 소인이 국모의 길도 아니요, 여인의 길도 아닌 어두운 길을 불 밝히며 걸어야 했던 까닭은 희망이 없는 사랑을 했기 때문이고, 사랑을 제대로 알아버렸기 때문이었습니다.

누군가가 그리워 죽을 만큼 아파본 적이 있습니까? 술과 시로 아픈 사랑을 달래본 적이 있습니까? 이도 저도 희망이 없다는 것을 알아차린 적이 있습니까? 여자의 몸이라면, 희망이 없다면, 과연 죽어 흙으로 돌아가야만 합니까? 남자의 사랑과 여자의 사랑이 가는 길이 다르다면 왜 남자와 여자가 같은 길을 걷고 있을까요? 여자의 태양은 하늘 위에 하나뿐인데, 왜 남자의 태양은 하늘 위에 여럿인가요? 사랑이 공평한 것이 아니라면 왜 존재해야 할까요?

상감마마, 국모의 길을 걸을 수 없고, 여인의 길도 걸을 수 없다면 어떻게 해야만 합니까? 국모와 여인의 길을 버렸다면 소인이 그 좋은 남자의 길을 가면 살 길이 열리지 않겠습니까? 하여 소인은 마음을 고쳐먹었습니다. 살기 위해서라도 어느 길이든 걷자고 생각을 바꾸었습니다.

그러자 한 사람이 소중해지기 시작했습니다. 내 처지를 알고, 나의 불행을 자신의 일처럼 여기고 울어주는 사람. 그는 여종 소쌍이었습니다. 소인의 아비가 아파 죽어갈 때도 물건을 내놓지 못하게 한 사람, 아비가 죽었을 때 문상 일을 도운 사람에게 물건을 건넸다고 화를 낸 사람, 생신 때 다른 해와 같은 물건을 받았다고 고자질한 사람, 조강지처를 내몰고 죽음으로 몰아간 사람, 조강지처를 내몰고 죽음으로 몰아간 것도 모자라 그 일을 두 번째 부인에게 뒤집어씌운 사람, 본인의 허물을 주변에 떠넘기는 사람, 그 사람이 아니었습니다.

상감마마께서는 이렇게 말씀을 하셨습니다.

"이 앞서는 봉 씨가 새벽에 일어나면 항상 시중드는 여종들로 하여금 이불과 베개를 거두게 했는데, 자기가 소쌍과 함께 동침하고 자리를 같이한 이후로는, 다시는 시중드는 여종을 시키지 아니하고 자기가 이불과 베개를 거두었으며, 또 몰래 그 여종에게 그 이불을 세탁하게 하였다."

어느 날 밤, 잠든 소쌍의 몸을 보았습니다. 처음 여종 소쌍을 내전에서 재울 때는 몰랐으나 남자의 길을 걷자고 마음을 먹으니 세상이 밝아오기 시작했습니다. 여인의 몸이지만 남자의 길을 걸을 수 있다는 생각이 찾아들자 세상이 달라 보였던 것입니다.

달빛 아래 소쌍의 몸은 아름다웠습니다. 소인은 그 아이에게 다가갔습니다. 옷깃에 손을 넣어 그 아이의 가슴을 만졌습니다. 물렁물렁하던 가슴이 이윽고 단단해졌습니다. 가만히 유두를 만져보았습니다. 그 자그마한 돌기가 비명을 지르듯 커졌습니다. 옷을 풀어헤치고 아이의 가슴에 입술을 갖다 대었습니다. 아이가 신음을 흘렸습니다. 용기를 내어 가슴을 빨았습니다. 언젠가 제게 그렇게한 임이 떠올랐습니다. 미끄러지듯 부드러운 피부 때문에가슴이 쿵쾅거렸습니다.

입술로 계곡을 핥으며 손으로는 아이의 다리 사이를 더듬었습니다. 아이는 신음을 흘리며 몸을 떨었습니다. 소인은 살아나기 시작했습니다. 죽었다가 환생한 것이었습니다. 임이 그랬던 것처럼 손가락으로 그 아이의 동굴을파고들었습니다. 때론 부드럽게 때론 거칠게. 때론 느리게 때론 빠르게 파고들었습니다. 아이의 신음이 점점 커질수록 소인의 몸도 살아나기 시작했습니다. 손가락이 그아이의 동굴을 파고들 때마다 아이가 입술을 깨물며 참고있다는 것을 알았지만 소인은 움직임을 멈출 수가 없었습니다. 소인의 죽었던 몸이 살아나고 있었기 때문입니다.

소쌍의 몸에서 나온 피가 이불과 베개에 묻어 있다는것을 알게 된 것은 새벽녘이었습니다. 난감했습니다. 아이가 달거리를 하고 있었던 것이지요. 하여 소인이 아이에게 미안하여 이불과 베개를 거두었으며, 그를 소쌍이 세탁한 것입니다. 아무려면 어떻습니까? 천하다 책망하실 것이고, 망측하다 나무라신들 죽는 것보다 낫지 않습니까? 여인의 삶을 사느니 남자의 길을 걷는 게 당장 죽는 것보다야 훨씬 낫지 않습니까? 그제사 살 것 같았습니다. 이제 죽어도 여한이 없었던 것입니다. 발칙하다 나무랄 것이고, 천하다 책망하시겠지만 소인은 결코 부끄럽거나 후회가 남아 있지 않습니다. 어떤 격식도 차릴 생각이 없습니다. 소인이 국모의 길도 아니요, 여인의 길도 아닌 어두운 길을 불 밝히며 걸어야 했던 까닭은 희망이 없는 사랑을 했기 때문이고, 사랑을 제대로 알아버렸기 때문이었습니다. 사실은 그러하옵니다.

우리는 서로 공평하였으니

이 나라에서 여자로 태어난다는 것은 천벌을 받은 것과 다르지 않습니다. 상감마마의 나라에서 여자로 태어난다는 것은 짐승들보다도 더 불행한 일입니다. 소인은 가부장제를 탓할 생각이 추호도 없습니다. 소인은 어렸을 때

155

부터 칠거지악과 삼종지의, 부창부수와 여필종부를 배웠습니다. 소인에게 허용된 것은 육척사방의 방이요, 남자는 아버지와 남편과 아들뿐이라고 훈육을 받았습니다. 뿐입니까. 친형제간이라도 남녀가 7세이면 같이 있을 수 없다고 하여 웃고 이야기할 자유마저 금했습니다.

그 누구라도 소인을 본 자들은 예쁘다, 아름답다 하거늘 미인박명이네, 요사스럽네, 기생감이라며 뒤에서 수군거리곤 했습니다. 여자가 아름다운 것은 자연스럽고 정당한 일이거늘 계집은 사흘 동안 매를 때리지 않으면 여우가 되어 산으로 올라간다는 말을 소인에게 대놓고 하던 형제도 있었습니다.

이 나라에서 태어난 여자는 순종과 정절이 유일한 덕목입니다. 소나 돼지나 개도 지키지 않는 덕목을 이 나라에서 태어난 여자는 지켜야 합니다. 부녀자는 일생 동안 내방에 갇혀 살아야 하는데 남자들은 이 산 저 산, 이 여자 저 여자를 마음껏 유린합니다. 이러한 법은 상감마마께서 만드신 것입니까, 하늘이 내리신 축복입니까? 여자는 문서 없는 종일진대 필요하면 벗어나면 그만이 아니겠습니까?

상감마마께서는 이렇게 말씀을 하셨다고 들었습니다.

"이러한 일들이 궁중에서 자못 떠들썩한 까닭으로, 내

가 중궁과 더불어 소쌍을 불러서 그 진상을 물으니, 소쌍이 말하기를, '지난해 동짓날에 빈께서 저를 불러 내전으로 들어오게 하셨는데, 다른 여종들은 모두 지게문 밖에 있었습니다. 저에게 같이 자기를 요구하므로 저는 이를 사양했으나, 빈께서 윽박지르므로 마지못하여 옷을 한 반쯤 벗고 병풍 속에 들어갔더니, 빈께서 저의 나머지 옷을 다 빼앗고 강제로 들어와 눕게 하여, 남자의 교합하는 형상과 같이 서로 희롱하였습니다.' 하였다."

그날이 동짓날이었군요. 그날의 일은 사실인 부분도 있고, 그렇지 않은 부분도 있사옵니다. 원하신다면 그날의 일을 소상히 밝히지요.

1년 중에서 밤이 가장 길고 낮이 가장 짧은 날이 동짓날이지요. 궁중에서야 원단과 동지를 가장 으뜸이 되는 축일로 여기는 것을 소인이 어찌 모르겠습니까? 그날도 상감께서는 왕세자와 신하들을 모두 모이게 하시어 회례연을 베풀어주셨다지요. 날씨가 춥고 밤이 길어 호랑이가 교미한다고 하여 호랑이 장가가는 날이라고도 부른다지요.

소인은 근정전 회례연에서 들려오는 아악 소리를 들으며 술을 마셨습니다. 짧은 낮과 긴 밤을 어찌 보내겠습니까? 술이 저를 위로할 뿐이었죠. 국모의 길도 갈 수 없었고, 그렇다고 순종과 정절로 뒤범벅이 된 여자의 길도 가고 싶지 않았으니 스스로 만든 남자의 길을 갈 요량이었지요. 하여, 늘 그림자처럼 소인을 돌보는 여종 소쌍과 긴 밤을 보내기 위해 내전으로 들라 일렀지요. 상감마마께서도 그 아이를 보셔서 아시잖습니까? 그 아이는 예쁜 아이입니다. 아름다운 아이이지요. 그 아이의 알몸을 보시면 더욱 감탄하실 것이옵니다.

병풍을 치라 아이에게 일렀습니다. 그날따라 유난히 밝은 달빛이 싫었습니다. 그 아이의 아름다운 몸은 어둠 속에서도 빛나 금방 알 수 있었기 때문입니다.

소인은 아이에게 말했습니다.

"오늘은 밤이 긴 날이니 내 옆에서 자거라."

"……"

"싫은 게야? 그런 게야?"

"……"

"내가 신랑이 되고, 네가 각시가 되는 게야. 오늘은 밤이 길다고 하잖니?"

"……"

"괜한 소릴 했구나. 물러가거라."

"마마, 아니옵니다."

소쌍은 망설이다 옷을 반쯤 벗고 병풍 안으로 들어섰습니다. 그 아이의 몸은 여전히 아름다웠습니다. 사람들은 포동포동한 계집아이를 좋아한다지만 소인은 그 아이의 적당히 마른 몸이 몹시 좋았습니다.

"나는 신랑인 게야. 그러니 사내처럼 대할 것이야."

소인은 소쌍의 옷을 모두 벗기고 이불 속으로 들게 하였습니다. 손바닥으로 아이의 가슴을 더듬자 그 앙증맞은 유두가 곤두서 있었습니다. 소인은 입으로 아이의 유두를 빨았습니다. 그러다 유두를 이빨로 살짝 깨물자 아이가 신음을 흘렸습니다. 일찍이 왕세자께서 소인에게 했던 일이었습니다. 소인은 아이의 유두를 손가락 끝으로 살짝살짝 눌렀습니다. 아이의 신음이 점점 커졌습니다. 하여 소인은 소인의 입술로 아이의 입술을 덮었습니다. 소인의 혀가 아이의 입속으로 겁 없이 쳐들어갔다가 그 아이의 혀를 생포하여 왔습니다.

몸에 열이 오르기 시작한 소인은 손으로 아이의 사타구니를 더듬었습니다. 아이가 놀란 듯 움츠렸습니다. 소인은 거침없이 손가락을 아이의 동굴로 들여보냈습니다. 손가락은 때론 느리게 때론 빠르게, 때론 얕게 때론 깊게 동굴을 드나들었습니다. 아이의 미끈한 피부는 정말 아름다웠고, 아이의 신음은 소인의 피부에 소름을 돋게 만들었습니다. 그렇게 밤은 깊어만 갔습니다.

"이번에는 네가 신랑이 되거라!"

"마마님, 소인이 어떻게……."

"개의치 말거라. 그래야 공평한 게야."

이번에는 소인과 소쌍이 입장과 역할을 바꾸었습니다. 망설이던 아이는 이내 용기를 내었습니다. 소인과 소쌍은 공평했습니다. 우리는 남자도 되고 여자도 되었습니다. 서로의 몸을 존중했습니다. 때론 부드럽게 때론 거칠게.

그 밤이 좋았습니다. 그 밤은 아름다웠습니다. 비록 땀을 흘리고, 전율도 하고, 신음도 흘렸지만 그 밤은 진정 아름다웠습니다. 희롱이라 하셨습니까? 그 아이와 제가 남자의 교합하는 형상과 같이 서로 희롱하였다고 말씀하셨습니까? 아니옵니다. 우리는 공평하였습니다. 우리는 신분을 떠나 서로를 존중했습니다. 우리는 사랑을 하였습니다. 그것뿐입니다. 그 밤이 동짓날이었습니까? 그 밤이 미치도록 그립습니다.

가재는 게 편이다

박지연과 어떤 관계입니까? 같은 식구끼리 왜 정색을 하고 이러시나? 강 형사님은 이번 감찰 결과에 따라 직위해제가 될 수도 있습니다. 말을 왜 그렇게 해? 뭐요? 내가 명색이 강력계 형사인데 왜 범인 다루듯이 하냐고? 이 양반이 지금……. 이 양반? 나 김 썅놈이다. 너 몇 살이야? 경찰 생활 몇 년이냐고? 이건 분명히 해두죠. 뭘 분명히 해? 현재 강 형사님은 감찰 대상이시고 정식으로 절차를 밟고 있습니다. 지금 녹음도 하고 있으니까 제가 나이가 어리거나 경찰 생활을 얼마나 했든 함부로 반말하지 마세요. 아시겠습니까?

다시 한 번 묻겠습니다. 이번 사건의 가장 유력한 용의자인 박지연과 어떤 관계입니까? 도대체 무슨 말을 듣고 싶으신 건데. 사태의 심각성을 잘 모르시는군요. 강 형사님을 처벌해달라고 경찰청 감사반 앞으로 투서가 들어와 있습니다. 아시겠어요? 투서를 한 놈이 누구요?

어쨌든 투서에 의하면 강 형사님은 박지연과 성관계를 맺었고, 사건의 정보를 유출한 걸로 나와 있습니다. 어떻게 설명하시겠습니까? 아이고, 그러니까 투서를 한 사람이 누구냐고요? 씨발, 호박을 날려버릴 테니까.

자자, 다시 한 번 묻겠습니다. 투서의 내용을 모두 인정하십니까? 인정할 수 없어요. 강 형사님, 미리 말씀을 드리는데 물증도 있습니다. 물증이라뇨? 자, 보시죠. 이 사진은 오피스텔에 박지연과 들어가는 장면, 이 사진은 두 사람이 침대에 누워 있는 장면, 강 형사님이 오피스텔에서 나오는 장면도 여기 있네요. 아, 씨발! 성관계는 인정하시겠죠? 아, 씨발! 사내새끼가 새벽에 좆 안 서면 끝장이지, 박지연 그년의 유혹에 넘어간 건데 뭐가 문제요? 술 마시고 눈을 뜨니까 그년 오피스텔이더라니까. 좆 됐네, 씨발.

좋습니다. 그런데 문제는 이번 투서에 대해 박지연도 모두 인정하지 않는다는 것입니다. 뭐, 뭐라고요? 아니, 그년이 왜요? 남자는 했다는데 여자는 안 했다고 하니 그 이유를 내가 어떻게 알겠습니까? 내가 언제 그년을 먹었다고 했습니까? 술 먹고 눈을 떠보니 처음 가본 오피스텔이었다는 얘기지요. 난 잘못이 없어요. 술에 취해서 몸도 못 가누니까 박지연 그 여자가 잠만 재워준 거다 이 말입니다. 어쨌든 투서가 들어왔으니 경찰청에서는 그냥 넘어가지는 않을 것입니다. 그렇게 아세요.

감사반 나리, 한 가지만 물어봅시다. 뭔데요? 투서가 들어왔다는 내용이 신문에 보도가 됐나요? 아직은 아니죠. 그랬으면 강 형사님이 지금 무사하겠어요? 바로 직위 해제가 떨어졌겠지요. 그러면 투서를 한 놈은 서형철이군요. 이런 것을 이름 밝히고, 주민등록번호 써서 보내겠습니까? 그, 그렇죠. 그리고 우리한테 투서를 한 놈이 신문이나 방송국에 안 보내겠어요? 안심할 일이 아닙니다. 보안을 철저히 하라는 지시가 있으니 조심 좀 하세요. 아, 알겠소. 고맙소!

제5장

추리와 해명의 간극

완성도 면에서 떨어지기 때문에

대기 발령이라고요? 좀 심했군요. 그러면 어디로 발령이
나나요? 어디요? 어디든 상관이 없는데 교통과로 발령이
날 것 같다고요? 아니, 강력계 베테랑 형사를 교통과로 보
낸다는 게 말이 됩니까? 무슨 영화 찍습니까, 지금? 아니,
약 올리려고 드리는 말은 아니고요. 뭐라고요? 왜 저 같은
놈이 더 악질입니까? 아, 병 주고 약 준다고요? 무슨 근거
로 그런 말씀을 하세요? 아, 그거요? 말이야 바른 말이지
용의자와 주무셨다는 건 썩 잘한 일은 아니지요. 아, 말로
하세요. 말로.

저야 기자니까 어쩔 수 없는 노릇이었죠. 저는 처음부터 알고 있었지만 기사에 그동안 강 형사님과 관련된 일은 일체 쓰지 않았잖습니까? 뭐라고요? 제가 제일 먼저 쓴 게 아니라니까요. 기사를 보면 금방 아실 수 있잖아요. 뭐라고요? 그거야 《한국신문》송 기자가 먼저 치고 나가니까 저도 어쩔 수 없이 쓸 수밖에 없었죠. 맞아요, 저야 정확히 아니까 자세히 쓸 수밖에 없었고요. 이해를 해주셔야죠. 저도 특종을 놓친 셈이라 팀장에게 얼마나 깨졌는데요. 네, 잘 압니다. 그 점에 대해서는 죄송합니다. 미안하고요.

어쨌거나 이번 연쇄 살인사건은 완전히 제자리걸음이로군요. 여성단체 간사인 김지숙의 범인을 잡은 것 외에는 아무런 성과가 없으니 말이죠. 답답한 일입니다. 강 형사님마저 손을 놓게 되면 이번 사건은 영구 미제사건으로 남을 공산이 크다 그 말이죠.

그래서 곰곰이 생각해봤는데 이번 사건을 처음부터 다시 점검해봤습니다. 특히 피해자의 치정 문제를 하나씩 살펴보았죠. 술집 여자 이미자, 신인 여배우 오찬란, 대학 강사 김경수의 남자 문제를 하나씩 파악해보았습니다.

먼저 이미자의 경우는 짐작하시겠지만 직업의 특성상

워낙 남자관계가 복잡합니다. 이미자의 주변 인물을 살펴보니 강남 룸살롱의 사장인 경재용이라는 인물이 범인으로 유력하더군요. 경재용은 조폭과도 연관이 있는 모양인데 워낙 악명이 높은 인간이라 다른 남자들이 이미자에게 접근하기 어렵다는 점에서 매우 유력합니다.

신인 여배우 오찬란의 경우에는 스폰서가 있다는 얘기가 파다하더군요. 매니저는 별로 힘이 없는 애라 의심할 필요가 없고 소속사 사장 이용우와 바람둥이로 소문이 난 대한전자 막내아들 한차웅이라는 사람이 의심스럽더군요. 참고로 말씀을 드리면 재벌 3세 한차웅은 유부남입니다.

그리고 대학 강사 김경수는 모교에서 강의를 하고 있었는데 주변 사람들의 말로는 지도교수인 박우현과 스캔들이 있었다고 하더군요. 학생들 중의 일부는 김경수의 경우 박우현 교수의 애를 지운 적도 있다고 하면서 길길이 날뛰더군요.

그런데 말이죠. 가장 의심스러운 인물은 신명성입니다. 네? 신명성이 누구냐고요? 기억이 안 나세요? 성형외과 원장인 신명성 모르세요? 얼굴도 못생긴 놈이 제일 잘나가는 성형외과 원장이라니 도무지 이해가 가지 않습니다. 왜 신명성이 의심스럽냐고요? 그때도 말씀을 드렸지만 이미자와 오찬란이 신명성 원장에게 수술을 받았잖습니까? 여성단체 간사인 김지숙은 그 성형외과에 간 적이 없고요. 강 형사님 말대로 이미자는 쌍꺼풀 수술만 했고 원장이 직접 수술한 것도 아니었죠. 그렇지만 여배우 오찬란의 경우 턱도 깎고 코도 세웠다고 하셨잖아요.

문제는 대학 강사 김경수인데 알아보니 신명성 원장에게서 광대뼈를 깎았더군요. 그러니 신명성 원장이 의심스러울 수밖에요. 전 아무래도 그 신명성 원장이 가장 의심스럽습니다. 소설 『거짓말쟁이들의 추리』에 참여한 인물 15명 중에서 살해를 당한 세 명 외에는 신명성 원장과 관련이 있는 인물은 더 이상 없었지만 이럴 수 있다는 거죠. 자신이 성형 수술한 여성들이 완성도 면에서 떨어지기 때문에 살인을 했다. 남들이 범접하지 못하게 10여 군데 이상 자상을 입혔다. 어떠세요? 좀 엉뚱한 추리인가요?

어차피 조사하면 다 나와

아줌마 보지털은 덮어줘도 욕먹는 법이야, 이 씨부랄 놈아. 무슨 소리는 무슨 소리야, 좋은 일도 때와 장소와 사람을 가려서 하란 얘기지 닝기리 씨발퉁아. 너 같은 새끼들이 제일 악질이야. 내 편을 드는 것 같아도 결정적인 때는 뒤통수를 때린다는 거지.《한국신문》송 기자가 감사반을 뒤졌는지 너처럼 우리 보고서를 뒤졌는지는 몰라도 기사를 그렇게 쓰면 그냥 넘어갔을 텐데 용의자 박지연과 내연의 관계라는 말은 네가 기사에 썼잖아, 이 호래자식아! 어디서 병 주고 약 주고 지랄이야. 아저씨 아저씨 하면서 장짐만 지운다더니 너 같은 새끼들은 오뉴월에 개 패듯이 좆나게 패야 돼. 모가지를 확 비틀어버릴까 보다. 분명히 얘기하는데 나 무인도에 교통과로 발령이 나도 이 사건 그냥 안 넘어간다. 두고 봐라, 내 손으로 범인을 반드시 잡을 테니까. 나 건드리면 씹창 날 줄 알아, 이 씨방새야.

좋아. 너만 처음으로 돌아간 게 아냐. 나도 이 생활 10년이 넘은 베테랑이라고. 우리도 강남 룸살롱 경재용 사장을 만나봐서 아는데 그 새끼는 지 마누라나 이미자 말고도 여자가 다섯이나 더 있더라. 여섯 명의 여자들 중에, 아니지 마누라를 포함하면 일곱이네. 그 일곱 명의 여자 중에 하나라도 사적으로 건드리면 그 누구라도 작살을 낸다고 하니 왕이 따로 없더라. 경재용이 아니라 경재왕이더라, 그 씨발놈.

신인 여배우 오찬란은 소속사 이용우 사장이 호랑이 담배 피던 시절에 이미 잡아먹은 것 같고 네 말대로 재벌 3세 한차웅이라는 새끼가 뒤를 돌봐주고 있더구먼. 그런데 문제는 스폰서가 둘이었어. 다른 하나는 한차웅의 친구인데 현직 김도훈 검사야. 필요하다면 신상 정보를 흘려줄테니 네가 기사 좀 써라. 대한민국 검사 새끼들 존나 떨게 생겼군.

여성단체 김지숙의 내연 관계도 알아봤는데 별로 잡히는 놈이 없어. 한 놈이 있긴 한데 고시를 준비하고 있는 놈이고 김지숙이 먹여 살리고 있었더구먼. 김지숙이 죽었다니까 거의 폐인이 되었더라.

대학 강사 김경수는 낙태를 한 경험이 있었어. 동료 교수들과 학생들을 상대로 탐문을 했는데 지도교수 박우현과의 소문이 아주 좋지 않더라고. 증인들은 있지만 물증이 없으니 문제를 삼을 수도 없어. 어쨌든 찾아가서 추궁을 했는데 얼굴이 붉어졌다가 기가 질려 파래졌다가 그 새끼 얼굴이 가관이 아니더구먼. 그렇지만 자신과는 성적 접촉이 없었다고 끝까지 잡아떼더라고. 심증은 있지만 물증이 없는 셈이고.

내가 의심스러운 것은 바로 너야. 가만히 생각해보니

처음 네가 나를 집까지 찾아와서 이렇게 말했어. 다음 범행 대상은 청순하고 가련하고 순진무구한 여자가 되지 않을까요? 너는 그렇게 말했는데 그대로 맞아떨어졌어. 보고할 때 용의자들 중에서 너는 빼준 대가가 이거냐, 씨발아? 김경수의 최근 사진들을 보니까 청순하고 가련하고 순진무구한 인상이더라고. 김경수도 물론 신명성 원장에게서 광대뼈 수술을 받은 것은 맞지만 소설 이어쓰기에 참여한 사람 중에서 더 이상 관련된 사람이 없다고 했는데 사실은 한 사람이 더 있어. 박효연이라고 드라마를 공부하는 대학원생이지.

넌 그동안 나에게 거짓말을 해왔어. 진실과 거짓의 울타리를 교묘하게 넘나들면서 필요할 땐 드러내고, 그렇지 않으면 숨기는 식이었지. 근거를 대보라고? 뭐 한둘이 아니지. 우선 『거짓말쟁이들의 추리』라는 소설을 내게 가져온 것부터 어설펐어. 그 소설과 이번 사건이 관련이 있다는 사실은 맞지. 왜냐? 그 소설의 이어쓰기에 참여한 사람들이 하나둘씩 죽었으니까. 너는 그 모임에 참여한 적도 있었지만 처음부터 나에게 알려주지 않았고, 연관성을 처음부터 알고 있었지만 직접적으로 말한 게 아니라 의식적으로 소설의 내용을 내게 알리려고 애썼다는 점에서 용의자야.

뿐인가? 박지연의 나이나 출신 대학에 대한 정보를 왜곡해서 알려줬고, 의도적으로 범인을 성형외과 신명성 원장으로 몰고 가고 있어. 술을 마실 때는 환상적이면서도 정신적인 여성에 대한 집착을 드러냈고, 그 집착은 어찌 보면 육체적인 면에 치중하는 여성들에 대한 경멸이 숨어 있었단 얘기지.

내가 너를 가장 의심하는 것 중에 하나가 바로 카페 주인 박지연과 너의 관계야. 나를 지스팟으로 끌어들여 술을 마시게 했고, 박지연과 잠자리에 들게 만든 것도 알고 보면 그 단초가 바로 너란 얘기지. 내가 대기 발령이라니까 안심하는 눈치던데 내가 딴 데로 갈 것 같냐? 난 아무 데도 안 가. 그래 봐야 가재는 게 편이거든. 신명성 원장과는 무슨 원한 관계가 있지? 그리고 박지연과는 무슨 관계냐? 말해봐. 어차피 조사하면 다 나와.

사실이 중요하십니까, 진실이 중요하십니까?

상감께서는 말씀하셨습니다.

"내가 항상 듣건대, 시녀와 종비 등이 사사로이 서로

좋아하여 동침하고 자리를 같이한다고 하므로, 이를 매우 미워하여 궁중에 금령을 엄하게 세워서, 범하는 사람이 있으면 이를 살피는 여관이 아뢰어 곤장 70대를 집행하게 하였고, 그래도 능히 금지하지 못하면 혹시 곤장 1백 대를 더 집행하기도 하였다. 그런 후에야 그 풍습이 조금 그쳐지게 되었다. 내가 이러한 풍습이 있음을 미워하는 것은 아마 하늘에서 내 마음을 인도하여 그리된 것이리라. 어찌 세자빈이 또한 이러한 풍습을 본받아 이와 같이 음탕할 줄 생각했겠는가.”

그렇습니다. 궁중에는 시녀와 종비 등이 사사로이 서로 좋아하여 동침하고 자리를 같이한다는 말을 소인도 들었습니다. 그러나 여북하면 그런 짓들을 하겠습니까? 짐승들도 다 제 짝이 있거늘 평생 지조와 절개를 지켜야 하는 사람의 형편을 어찌 상감께서 아시겠습니까? 나중에 아랫것들에게 들었습니다만 금령을 어기는 자에게 곤장 70대를 내린 사례가 있다고 하더군요. 아마 하늘에서 상감의 마음을 인도하여 그리된 것이겠지요. 상감마마의 호불호가 아니라 하늘의 뜻이겠지요.

그렇다면 소인은 하늘에게 묻고자 합니다. 여자는 짐승입니까, 사람입니까? 시녀와 여종은 개입니까, 돼지입니까? 평생 내방에서 소용없는 물건처럼 아무 말도 못 하고, 어떤 행동도 하지 못하고 살아야 하는 소인은 국모입니까, 여인입니까? 혹은 소인은 물건입니까, 사람입니까?

하늘이시여, 세상에 태어나는 사람들은 남자가 아니면 여자인데 왜 사람의 반을 포기하시나이까. 왜 남자들에게는 명예와 권위와 권력과 돈과 방탕과 여자, 그리고 자유를 선사하시고 여자에게는 칠거지악과 삼종지의와 부창부수와 여필종부와 순종과 정절, 그리고 억압을 강요하시나이까.

상감께서는 거듭 말씀을 하셨습니다.

"이에 빈을 불러서 이 사실을 물으니, 대답하기를, '소쌍이 단지와 더불어 항상 사랑하고 좋아하여, 밤에만 같이 잘 뿐 아니라 낮에도 목을 맞대고 혓바닥을 빨았습니다. 이것은 곧 저희들의 하는 짓이오며 저는 처음부터 동숙한 일이 없었습니다.' 하지마는, 여러 가지 증거가 매우 명백하니 어찌 끝까지 숨길 수 있겠는가. 또 저들의 목을 맞대고 혓바닥을 빨았던 일을 또한 어찌 빈이 알 수 있었겠는가. 항상 그 일을 보고 부러워하게 되면 그 형세가 반드시 본받아 이를 하게 되는 것은 더욱 의심할 여지가 없다."

사실 그대로입니다. 상감마마께서 소인을 불러 말씀하

셨습니다.

"정황을 모두 확인하였으니 사실을 말하라."

소인은 말씀을 드렸습니다.

"어떤 사실을 알고 싶으신 것이옵니까?"

그때 중궁마마께서 말씀하셨습니다.

"괘씸하도다. 어느 안전이라고 거짓을 아뢰겠다는 것이냐? 소쌍과 밤마다 정을 통한 게 사실이더냐?"

"저는 처음부터 동숙하지 않았습니다. 소쌍이 권 승휘의 노비 단지와 더불어 항상 밤에 사랑하고 낮에도 만나 목을 맞대고 혓바닥을 빤다고 소인에게 고백을 했지만 그들도 짐승이 아닌지라 그럴 권리가 있다고 생각했습니다. 사랑하는 일에 짐승과 사람이 다를 바 없다고 생각했습니다. 왕세자께서 소인을 짐승처럼 여기는 것보다 나은 셈이지요."

그러자 중궁마마께서 말씀을 하셨습니다.

"이 더러운 년! 그 주둥아리를 닥치지 못할까?"

사실은 그러하옵니다. 그러나 사실이 뭐가 그리 중요하옵니까? 진실이 더 중요한 것이 아니옵니까? 소쌍과 단지가 목을 맞대고 혓바닥을 빨았던 일을 어찌 소인이 알 수 있었겠느냐고 하셨사오나 소쌍이 고백하지 않았다면 어

찌 소인이 알 수 있었겠습니까. 항상 그 일을 보고 부러워
하게 되면 그 형세가 반드시 본받아 이를 하게 되는 것은
더욱 의심할 여지가 없다고 하셨사온데 소인의 형편을 아
시면서 어찌 그런 말씀을 하시는지요. 소인이 자유로운
몸도 아닌데 어떻게 종들의 정사 장면을 목격할 수 있었
겠습니까? 그 일이 부러웠느냐고요? 부러웠습니다. 왕세
자께서 소인을 안아주시던 기억이 어떻게 내 머릿속에서
떠날 수 있겠습니까? 진정 묻고 싶습니다. 상감마마께서
는 이유야 어쨌든 사실이 중요하십니까, 아니면 그 사실
속에 아프게 잠들어 있는 진실이 중요하십니까?

세상을 떠나며 남긴 말

상감마마께서는 말씀하셨습니다.

"그 나머지 시중드는 여종들로 하여금 노래를 부르게
한 것과 벽 틈으로 엿본 따위의 일은 모두 다 자복하였다.
그러나 나머지 일은 모두 경하므로 만약 소쌍의 사건만
아니면 비록 내버려 두어도 좋겠지마는, 뒤에 소쌍의 사
건을 듣고 난 후로는 내 뜻은 단연코 폐하고자 한다. 대개

총부의 직책은 관계되는 바가 가볍지 않은데, 이러한 실덕이 있고서야 어찌 종사를 받들고, 한 나라에 국모의 의표가 되겠는가."

소쌍의 사건을 제외한 나머지 일은 모두 경하다고 말씀을 하셨습니까? 투기한 일도 없사온데 나무라시고, 여종들이 소인이 지어 부른 시를 따라 읽거나 외운 것을 나무라시고, 세자의 생신 때 선물한 것이 중복되었다고 나무라시고, 궁중에서 쓰는 음식이나 물건을 밖으로 내보낸 일도 없는데 나무라시고, 마음이 가는 대로 생각하시어 판단하시고는 이제 와 모두 경한 일이라 말씀을 하시옵니까? 상감마마의 말씀대로라면 대를 이을 자식이 없는 것이 소인의 유일한 허물이온데 하늘을 봐야 별도 따고 임을 만나야 회임도 가능한 것인데 어찌 소인만을 탓하시옵니까?

소인은 사비 석가이를 통해 소쌍이 권 승휘와 내통을 하고 있다는 얘기를 전해 들었습니다. 물론 소쌍이 권 승휘의 사비 단지와 서로 좋아하여 여러 날 함께 잤다는 얘기도 들었으나 이 모든 소문을 믿고 싶지 않았습니다. 믿거나 믿지 않거나, 천 개의 눈과 천 개의 귀가 바로 소쌍이었다고 하여도 사실 달라질 것은 아무것도 없었습니다. 소인이 세자마마의 사랑을 잃고 소쌍의 몸뚱이에 빠져든 것이나 소쌍이 권 승휘의 사비 단지에게 이용만 당하고 소인과의 색탐에 빠져든 것은 인지상정에 다름이 아니기 때문입니다.

소쌍의 최후는 비참하였습니다. 상감마마께서는 금령을 어긴 자에게 곤장 70대를 집행하라 명하셨지만 지켜지지 않았습니다. 소인이 주변의 만류를 뿌리치고 소쌍을 만났을 때는 곤장 70대의 열 배는 더 맞은 것으로 보였기 때문입니다.

그 아이를 보자마자 소인의 눈가에는 눈물이 흘렀습니다. 아름답던 그 아이의 몸은 만신창이가 되어 있었습니다. 탐스럽던 엉덩이에는 피가 흐르고 흘러 떡이 되어 있었습니다. 그 아이를 죽이겠다고 작심을 하지 않고서야 그렇게까지 매질을 할 필요는 없었습니다. 권 승휘에게 이용만 당했고, 소인의 보호도 받지 못했으니 그 아이의 인생은 짐승보다도 못한 것이었습니다. 자꾸 눈물이 나왔습니다. 소인을 알아본 소쌍도 눈물을 흘렸습니다.

"마마님…… 마마님……."

소인은 말없이 그 아이의 손을 잡았습니다. 그 아이의 손은 시체처럼 차가웠습니다. 그 아이는 죽어가고 있었습니다.

"미, 미안하구나. 널 힘들게 했어."

소쌍이 단지를 사랑한 것은 사실이었습니다. 물어보지 않아도 알 수 있었습니다. 그러한 사실에 소인이 화가 났던 것은 사실이었으나 내색할 수는 없는 노릇이었습니다. 서로 사랑한 것이 죄라면 벌은 공평하게 나누어 받아야 마땅합니다. 죗값을 한쪽이 일방적으로 받는 것은 이치에 맞지 않습니다. 권 승휘의 권력 뒤에 숨어 소쌍을 내버린 단지라는 놈도 당연히 물고를 내야 할 것입니다.

그러나 소쌍은 혼자서 모든 죗값을 치르고 있었습니다. 소인이 할 수 있는 것은 아무것도 없었습니다. 눈물이 볼을 타고 흘렀습니다.

"미안해서 어떡하니…… 어떡하니……."

"마마님…… 소인의 배신을 용서하지 마세요."

죽어가는 아이. 사랑 때문에 죽어가는 아이. 미천한 신분으로 태어나 사랑 때문에 죽어가는 아이. 소인은 목이 메어 제대로 말을 할 수 없었습니다. 소인은 가까스로 아이에게 물었습니다.

"소쌍아, 마지막 소원이 있느냐?"

"네, 있습니다."

"무엇이냐?"

"죽을 때 죽더라도…… 물을 마셨으면…… 좋겠습니다."

"그, 그래? 여봐라, 속히 가서 물을 가져오너라."

그러자 아랫것이 말했습니다.

"아무것도 먹이지 말라는 명이 있었습니다."

"네, 이놈! 감히 어느 안전이라고 세자빈의 명을 거역하려 든단 말이냐? 네놈이 진정 죽고 싶은 모양이구나?"

소인이 큰소리를 내고서야 아랫것이 눈치를 보며 슬금슬금 움직였습니다. 이윽고 아랫것이 표주박에 물을 담아 왔습니다. 소인은 고통스러워하는 소쌍을 옆으로 눕히고 입술에 물을 적셨습니다. 아이의 눈빛이 금방 또렷해지기 시작했습니다.

"드릴 말씀이…… 있사오니 귀를…… 가까이 해주서요."

기운을 차린 아이가 소인의 귀에 대고 한참 이야기를 했습니다. 아무도 듣지 못했고, 오로지 소인만이 들을 수 있었습니다. 할 얘기를 끝낸 그 아이는 발작을 일으켰습니다. 그러고는 평안해졌습니다. 그때서야 소인은 실체를 알게 되었습니다. 소인을 음해하고 소인의 가문을 죽이려 한 실체를요. 소인은 몸을 부르르 떨었습니다. 그 아이의 치마 밑으로 핏빛의 물이 감당할 수 없도록 흥건히 고이고 있다는 것은 나중에야 알았습니다. 그렇게 그 아이는 세상을 떠나고 말았습니다.

생각보다 강력한 상대

개갈 안 나네, 정말로. 우째 하는 일이 이 모양이여. 죄, 죄
송합니다. 신문사 기자가 용의자라고 우기니 자네도 참
딱한 사람일세 그랴. 상상력만 따지면 범우주적이여. 분
명히 근거가 있습니다. 첫째…… 보고서는 봤으니께 됐
고. 사정 봐주지 말고 족치라니께. 그런다고 중앙일간지
사회부 기자를 족쳐버리면 지금 자네 홀로 광야를 달리는
독립군처럼 언론과의 전쟁을 치르자는 것이여 뭐여, 시
방. 지금 나한테 반항하는 것이여? 아, 아닙니다. 가능성
은 다 열어놓고 수사를 해야죠. 난 김 기자가 범인들과 연
루가 되었든 그렇지 않든 아무런 관심이 없다니께. 무, 무
슨 말씀이시죠? 진실이 뭐가 중요해, 사실을 밝혀내야지.
이왕 전쟁을 치를 거면 김 기자가 범인과 관련이 있다는
확실한 증거나 물증을 찾아내라 그 말이여, 내 말은. 자신
이 없으면 처음부터 손을 털고. 무슨 말씀이신지 잘 알겠
습니다.

신명성 성형외과에 대한 압수수색 영장이 떨어졌다는데 아시는가? 그럼요. 그런데 김 기자의 수색영장은 안 떨어졌습니까? 거참, 보지 본 좆이여? 왜 그려? 네? 신명성 압수수색 영장도 겨우 얻어냈는데 체면도 없이 뭘 욕심을 그렇게 부리남. 아, 예. 지금으로 봐서는 대학원생 박효연이 표적이 될 상황인데 감시하고 있나? 그럼요. 심 형사하고 팀원들이 잠복하고 있습니다.

박지연은 다시 소환했고? 네, 오후에 심문할 생각입니다. 강 형사가 직접 심문을 하겠다고? 그, 그럼요. 뭔 소리여, 안 돼. 제가 해야 합니다. 지렁이 갈비에 처녀 불알 같은 소리 하고 자빠졌네. 야, 죽은 년이 보지 감추냐? 자네랑 만리장성을 쌓았다는 게 대한민국 일간지에 실려 다 알려졌는데 윽박지른다고 그년이 순순히 자네 말을 듣겠냐고? 그러면 부탁이 있습니다. 박지연을 비공식적으로 따로 만나게 해주십시오. 왜? 꼭 물어볼 게 있습니다.

나도 강 형사한테 물어볼 게 있는데. 뭐죠? 그 15명이 돌아가면서 썼다는 소설 말이야…… 제목이 뭐였더라? 『거짓말쟁이들의 추리』요? 아, 맞아. 그게 왜요? 그 소설이 얼마 전에 출판사에서 출간이 된 적이 있다던데, 아시는가? 예? 그럴 리가요? 환장하겠구먼. 담당 형사가 이렇게 정보에 어두워서야 범인이 잡히겠느냐 이 말이야, 내 말은. 처, 처음 듣는 얘기입니다. 그 책이 출간되었는데 시중에서는 구할 수가 없대요. 왜죠? 내가 수사를 할 테니까 자네는 반장을 하시라고. 아, 죄송합니다.

조사를 해봐야겠지만 그 소설이 출간된 이후로 모든 서점에서 전부 사라졌다는 거야. 누군가가 조직적으로 움직였단 얘기로군요. 이제야 알아듣네. 어떤 년인지 놈인지 조직인지 조폭인지 그 책이 세상에 퍼질 수 없도록 손을 썼다는 얘기지. 그, 그런 것 같습니다. 그렇다면 이번 사건의 배후가 개인이라기보다 강력한 조직이라는 얘기도 될 것 같군요. 그렇지. 범인이 생각보다 강력한 상대란 얘기지.

소설 이어쓰기에 참여한 인물들을 중심으로 조사를 다시 해봐. 그, 그래야겠네요. 그 사람들 중에서 출판사에 근무하는 사람들도 있고, 북 디자이너도 있다고 했던 것 같은데 관련이 있는지 다 조사해보고. 알겠습니다. 입만 벌려라, 씨바. 내가 다 떠먹여줄게. 죄, 죄송합니다. 죄송이고 호송이고 제발 일 좀 독하게 해봐. 사면발니 덕분에 보지 좀 긁자고, 제발. 네? 못난 놈 덕 좀 보자 그 말이야, 개새꺄. 아, 네.

사실보다 진실을 포착하는 일

소설 『거짓말쟁이들의 추리』는 여기서 끝이냐? 네. 네?
정말 여기서 소설이 끝이라고? 네. 그 소설에서 소쌍이 곤
장을 맞아 장독으로 죽었다는 장면이 마지막이던데 그게
끝이야? 그렇다니까요. 너 지금 장난하냐? 누가요, 제가
요? 그래. 아니라니까요. 너 지금 삐졌지? 제가 왜요? 내
가 구속영장 신청했다고 화나서 장난치는 거…… 맞지?
아니라고 몇 번을 말해야 믿으실 겁니까?

애무하다가 사정射精하냐? 그건 또 무슨 말씀이세요?
한창 달아올랐는데 여기서 소설을 끝내버리면 애무하다
가 정작 박아보지도 못하고 싸버린 꼬락서니지 뭐야 씨발
놈아. 제가 읽은 것도 거기까지예요. 연재된 소설이 거기
까지인 걸 어떡해요? 거참, 개갈 안 나네. 그건 또 무슨 말
씀이세요? 몰라도 돼, 씨발놈아. 저한테 이러시면 안 되는
거 아시죠? 뭐가? 신문사 기자를 구속하려고 영장을 신청
하시고, 그것도 모자라 계속 저한테 육두문자를 날리시고
계시잖아요. 아이고, 당나귀 제 좆 큰 줄을 몰라요. 넌 새
끼야, 역할 분담을 하자고 해놓고 신문에다 내 얘기를 다
까발렸어. 이걸로 쌤쌤이야, 섭퉁아.

참, 죽은 피해자 중에 오찬란만 신명성 원장을 만났다
고 하셨죠? 내가…… 그랬던가? 결과적으로는 죽은 사람
중에서 오찬란과 김경수가 신명성 원장에게 수술을 받았
고, 아직 살아 있는 대학원생 박효연도 신 원장에게 직접
시술을 받은 셈이잖아요? 그러네. 그런데 죽은 피해자들
이 왜 신명성 원장에게 몰려갔을까요? 그거야 간단하지.
간단하다고요? 응. 배우 오찬란이 소설 이어쓰기에 참여
하면서 친해진 사람들을 신 원장에게 소개한 거야. 아, 그
럴 수는 있겠네요.

그런데 너는 왜 그렇게 신명성 원장에게 집착을 하나?
집착이 아니라 저는 처음부터 신 원장이 의심스러웠어요.
왜? 죽은 사람들 중에서 김지숙만 빼고는 신 원장과 관
련이 있으니 의심을 품지 않는 게 이상했죠. 무엇보다도
그 원장이 야비하게 생겼잖아요. 그러면 처음 나를 만났
을 때 이 소설을 쓴 사람이 누구냐고 물었는데 너는 모른
다고 했어. 맞아, 틀려? 맞습니다. 그런데 이 소설을 쓴 사
람들이 15명이나 된다는 사실을 왜 숨겼냐? 숨긴 게 아
니라 그때는 몇 명인지 정확하게 몰랐죠. 지금은 몰랐다
고 하지만 엄밀히 따지면 너는 내게 거짓말을 한 거야. 맞
아, 틀려? 그렇게 생각하실 수도 있겠네요. 왜 그랬어? 뭐

가요? 왜 거짓말을 했냐고? 솔직히 말씀을 드리면 특종을 올리고 싶었어요. 특종을 올리고 싶어서 내게 거짓말을 했다? 왜 자꾸 거짓말을 했다고 하세요, 사실을 밝히지 않은 것뿐이죠.

좋아, 좋아. 뜻만 맞으면 부처님도 암군다니까 앞으로 잘해보자고. 좋습니다. 용의자를 좀 압축해보자고. 그러시죠. 우선 신명성 원장, 서형철, 박지연, 그리고 김지숙을 죽인 게 분명한 택시운전사를 꼽을 수 있겠지. 택시운전사요? 그 사람은 이미 잡혀서 구속됐는데 무슨 말씀을 하시는 거예요? 그놈도 의심스러워. 왜요? 그놈이 이번 사건에서 CCTV에 유일하게 잡힌 놈이잖아. 그렇긴 하지만 다른 범행이 두 건이나 밝혀져 김지숙 외에는 이번 사건과는 관련이 없잖아요. 그게 함정일 수도 있지. 어떤 점에서요? 피해자의 사인은 한결같이 다발성 자창이거든. 그렇죠, 난자를 한 셈이죠. 다발성 자창에 의한 과다 출혈로 말미암은 쇼크사라면 어쨌든 피를 많이 흘렸다는 얘기잖아. 그렇죠. 그런데 그 택시운전사가 자신의 범행을 감추려고 연쇄 살인인 것처럼 몰아갔는데 안산에서 김지숙을 난자했으면 피를 많이 흘렸을 텐데 트렁크에 피가 생각보다 많이 흐르지 않았어. 아, 그리고 보니 그 말도 맞네요. 그러면 네 명의 사망 시점이 각기 다른데 택시운전사를 다른 피해자의 범인으로 보는 건 말이 안 되죠. 나도 알아. 우째 우리는 되는 일이 없냐. 반장님 말마따나 맷돌 씹에 좆 빠지네, 정말로.

신명성 원장에게서 나온 건 없나요? 압수수색으로 조사를 하고 있으니 뭐가 나와도 나오겠지. 은행계좌를 포함해서 샅샅이 뒤지고 있는데 아무래도 시간이 좀 걸릴 거야. 답답하군요. 나만큼 답답하겠냐. 서형철은 아직 소재 파악이 안 된 거죠? 현재로서는 범인으로 가장 유력한 놈이라 소재 파악이 가장 큰 관건인 셈이지. 과장님이나 반장님 생각은 좀 다르신 것 같던데요? 뭐라고? 반장님의 말씀으로는 이번 연쇄 살인사건의 가장 유력한 용의자로 박지연을 꼽던데요? ……. 제가 박지연에 대한 잘못된 정보를 제공했다고 하셨는데 그때는 그게 사실이었어요. 제가 박지연에게서 직접 들은 얘기를 그대로 옮겼으니까 그때는 그게 사실이었던 셈이죠. 학벌하고 나이? 맞습니다. 박지연은 분명히 저에게 대학에서 무용을 전공했다고 했고, 나이도 스물아홉이라고 분명히 밝혔어요. 정말이야? 그렇다니까요. 주민등록등본하고 대학 졸업장을 떼보면 금방 알 수 있는 거 아닙니까? 조사를 안 했겠냐? 해보니

전문대 문창과를 나왔고, 31세가 맞더라고. 옛날에는 여자 나이 삼십이면 눈먼 새도 안 돌아본다고 했거든. 뭔가 계속 속고 있는 기분이네요. 나도 그래. 박지연은 만나보셨나요? 곧 만날 생각이야. 답답하네요. 답답하지.

그런데 너도 참 미스터리야. 제가요? 응. 대기업에 다니다가 뒤늦게 신문사 기자가 된 이유가 뭐야? 뒷조사를 하셨군요. 왜 안 했겠어? 말하자면 깁니다, 이번 사건과는 아무런 상관도 없는 일이고요. 난 그게 궁금해. 이유가 뭐야? 이상하군요. 뭐가? 강 형사님이나 기자인 저나 진실이 뭐가 중요하겠습니까, 사실이 중요하겠죠. 그건 또 뭔 소리여? 누군가가 죽었고, 누군가가 죽였는데 우리는 사실을 쫓지 않고 진실을 찾고 있잖습니까? 그러니까 그게 뭔 소리냐고?

강 형사님, 1948년에 만들어진 비토리오 데 시카 감독의 〈자전거 도둑〉이라는 영화를 보신 적이 있나요? 아니. 그 영화는 제2차 세계대전 직후 이탈리아의 수도 로마의 거리가 배경입니다. 2년 동안이나 일자리를 구하지 못하고 거리를 배회하던 안토니오는 우연히 벽보를 붙이는 일거리를 얻습니다. 그러나 일을 하기 위해서는 자전거가 필요했죠. 이 사실을 안 아내 마리아는 자신이 소중하게 간수했던 침대 시트를 전당포에 잡히고 자전거를 빌립니다. 다음 날 안토니오가 출근하여 벽보를 붙이는 사이에 한 사내가 자전거를 타고 도망을 칩니다.

안토니오와 아들 브루노는 배고픈 것도 잊은 채 매일 자전거를 찾으러 로마 거리를 배회합니다. 안토니오 부자는 가까스로 자전거 도둑을 찾게 되지만 도둑은 간질병 환자이고 증거물인 자전거도 사라졌습니다. 자전거를 찾을 수 없게 된 안토니오는 허탈한 마음으로 거리에 앉아 사이클 경기를 보게 됩니다. 그는 경기장 밖에 놓여 있던 자전거 하나를 훔칩니다. 그러나 안토니오는 그 자리에서 잡혀 온갖 멸시와 모욕을 받게 됩니다. 아들 브루노의 울부짖음을 들은 사람들은 안토니오를 풀어주죠. 해가 지는 로마 거리를 안토니오 부자는 절망을 가슴에 안고 터벅터벅 걸어갑니다. 주제를 군이 따지자면 선과 악은 그 사회 속에서 규정된다는 것을 의미하고 있습니다. 자전거를 통해 사회적 현실을 분석한 셈이죠.

넌 소설이나 쓰지 뭐 하러 기자가 된 거냐? 그런데 자전거 도둑놈하고 네가 대기업에 다니다가 때려치우고 기자가 된 것과 무슨 관련이 있는데? 사실보다 진실에 접근하고 싶었어요. 아따, 쉽게 좀 말해라. 배웠다고 양반 타령이냐, 씨발아. 새벽에 출근해서 밤늦게까지 일하는 건 체질이라 괜찮은데 대기업 인사과라 소리 소문 없이 직원들을 자르는 게 일이더군요. 주야장천 보고서만 써대는 것도 지겨웠고요. 우연히 〈자전거 도둑〉이라는 영화를 보고서 마음을 바꾸었죠. 앞뒤가 맞지 않는데? 뭐가요? 김 기자 아버지는 대기업 우주그룹의 사장이잖아. 자전거를 훔칠 이유도 없는 직업이고. 그거야 아버지 인생이죠. 저 나름대로 다른 삶을 살고 싶었어요. 좀 거창한 표현이지만 선과 악을 사회적 현실 속에서 분석하고 싶었습니다. 사실보다 진실을 포착하는 일에 관심이 생긴 셈이죠. 그런 직업으로는 기자가 제격인 것 같아요. 니 맘대로 하세요.

그래요, 성욕 때문이었다고요

김 기자가 넘겨준 소설 『거짓말쟁이들의 추리』는 소쌍이 곤장을 맞아 장독으로 죽었다는 장면이 마지막이던데 소설이 여기서 끝이냐? 아니오. 아니라고? 네. 그 뒤로 2회가 더 있다고 들었어요. 그 내용을 너도 모른다는 얘기야? 네. 그럼 누가 알아? 소설 이어쓰기에 참여했던 출판사 편집장 김혜선 씨는 알고 있을 거예요. 왜? 그쪽에서 원고를 소설책으로 내겠다고 모두 가져갔으니까요. 그 소설이 출간이 됐다고 하던데 들은 적이 없냐? 그럴 리가요. 시중의 서점에 배포까지 됐다는데 몰랐어? 그럴 리가 없다니까요. 누군가에 의해 모두 수거되어 사라졌다니까. 저, 정말로요? 경찰이 거짓말을 하겠냐? 무, 무서워요.

자꾸 사기 치지 말고 빨리 불어. 뭘요? 소설 이어쓰기를 하자고 처음 제안한 게 너라며? 그건 맞아요. 그런데 결말도 모른다고 하고 책이 나왔었다는데 네가 모른다는 게 말이 돼? 저는 받지도 못했고, 알지도 못했다니까요. 왜 이래 조사하면 다 나오는데. 정말이라니까요. 출판사에 알아보면 확실히 알 수 있겠죠. 출판사 사람들뿐만 아니라 소설 이어쓰기에 참여한 모든 사람들을 믿을 수 없다니까. 왜요? 조사해보니 다 모른다고 잡아떼고 있어. 그 이유가 뭐지? 전들 알겠어요?

질문을 다시 해보자. 그 소설 이어쓰기를 하게 된 동기가 뭐야? 누가 시켰어? 누가 시켰냐고요? 그래, 누가 시킨 거지? 강 형사님, 미쳤군요? 내가 미쳐? 네가 미쳤다, 이년아. 어디다가 욕을 하시는 거예요, 지금. 지금 돌아가는 상황을 잘 모르나 본데 현재로서는 가장 의심을 받고 있는 사람이 너하고 서형철이야. 그 점은 잘 알잖아? 제가 지금 연쇄 살인의 범인이라는 얘기예요? 그래요? 그러면 내가 죽였겠냐? 저는 지금부터…… 저한테 불리한 얘기는 한마디도 하지 않겠어요. 너…… 텔레비전을 많이 봤구나? 뭐라고요? 묵비권을 행사하시겠다, 그 말이잖아. 왜 아니겠어요. 돌겠네. 난 지금 너를 돕고 싶어서 그러는 거야. 입에 침이나 바르고 거짓말을 하세요.

하나만 묻자. ……. 여자도 성욕이 있냐? 뭐라고요? 한국말도 모르냐, 이년아? 여자도 성욕이 있냐고? 그런 걸 왜 물어요? 사건이고 뭐고 다 떠나서 정말 궁금해서 묻는 거야. 남자한테 있는 게 왜 여자한테는 없겠어요. 야, 남자가 머리가 좋은 것은 대가리가 두 개라서 그렇고, 여자가 말이 많은 건 입이 두 개라서 그런 거야. 여자는 좆대가리가 없잖아. 알지도 못하는 게 까불어. 좆 까고 있네. 뭐? 이게 죽으려고 환장을 했나…… 확!

또 하나만 묻자. ……. 너…… 나랑 잔 게 성욕 때문이었냐? ……. 그래? 성욕 때문이었어? 그래? 처음에는 형철 오빠 때문이었어요. 처음엔? 네. 서형철이가 왜? 그 오빠 불쌍한 사람이에요. 조폭이 불쌍하면 경찰을 잡아먹어도 되냐, 씨발년아? 그 오빠는 평생 나만 바라보고 살고 있거든요. 그 오빠를 피해서 결혼도 한 적이 있었으니까요. 뭐, 뭐라고? 그, 그런 흔적은 없던데? 혼인 신고도 안 하고 헤어졌으니 흔적은 남아 있지 않겠죠. 그, 그래서? 뭘 알고 싶은데요? 왜, 이혼했는데? 아니지. 왜 헤어졌는데? 정식으로 결혼은 했는데 그 남자가 술 먹고 욕하고 때리고…… 도저히 견딜 수 없었어요. 배웠다는 사람이 왜 그 모양이었는지 지금도 모르겠어요. 호, 혹시? 혹시 뭐요? 그 남자가 김 기자? 추리력이 그 모양이니 범인이 잡히겠어요? 근데 이년이 빽하면 날 등신 취급을 하네. 너, 정말 죽을래?

그 남자 지금은 반신불수예요. 뭐, 뭐라고? 왜? 누가 그랬는지 말할 수 없어요. 그, 그러면 서형철이가 그랬다는 거야? 제가 언제 형철 오빠가 그랬다고 했나요? 좋아, 좋아. 그거야 내 알 바는 아니니까 넘어가고…… 나랑 잔 게 처음에는 형철이를 떼어내려고 그랬다 그 말씀이네? 그놈이 다 지켜보고 있을 테니까. 너랑 자고 있는 사진도 그놈이 찍었을 테고, 감사반에 보낸 투서도 그놈이 보낸 것일 테고. 제가 언제 형철 오빠가 그랬다고 했나요? 연놈이 아주 쌍으로 노는구먼. 말이면 다 말인 줄 아세요?

다 시끄럽고 하나만 더 묻자. 뭘요? 김 기자에게 나이

와 학력을 왜 속였냐? 뭘 속여요? 생각해보면 너 나한테
도 대학에서 무용을 전공했다고 거짓말을 했었어. 그게
왜 거짓말이에요? 그럼 사실이야? 그럼요. 근데 이년이
갈수록 첩첩산중이네. 전문대 문창과를 다니기 전에 무용
과를 다닌 적이 있으니까 거짓말은 아니죠. 무, 무용과를
다닌 적이 있다고? 그렇다니까요. 그런데 제가 무용과를
다녔던 게 이번 사건과 무슨 상관이죠? 그, 그러네. 상관
이야 없지.

참, 나랑 잔 게 처음에는 서형철을 떼어놓으려고 한 것
이고…… 그다음은 뭐냐? 그다음은 뭐냐, 라니요? 네가
그랬잖아. 나랑 잔 게 처음에는 서형철 때문이었고, 그다
음에는 다른 이유가 있다고 했잖아? 내가 언제 다른 이
유가 있다고 했나요? 자기가 말을 해놓고 한 적이 없다고
하면 그거야말로…… 사기지. 모, 모르겠어요. 모, 몰라?
네. 왜, 몰라? 그만해요. 뭘 그만해? 제발, 그만하자고요.
……. 저도 그 감정을 잘 모르겠으니까…… 그만하자고
요. 어? 울어? 지금…… 우는 거야? 그래요. 예전에는 참
지 못했는데 당신이 계속 반말을 하고 계속 욕을 해대도
그냥 넘어가고…… 그 감정을 잘 모르겠다고요. 그래요.
성욕 때문이에요, 성욕 때문이었다고요. 됐어요?

폐출의 수레바퀴

상감마마께서는 다음과 같이 말씀을 하셨습니다.

"빈을 폐하고 새로 다른 빈을 세우는 일은 역대에서 중하게 여기는 바이다. 옛날에 한나라 광무제와 당나라 현종이 모두 그 아내를 내쫓아서 뒷세상의 비평을 면하지 못했는데, 더군다나 지금 두 번이나 폐출을 행한다면 더욱 나라 사람들의 시청을 놀라게 할 것이므로, 나는 이를 매우 염려하여 처리할 바를 알지 못하겠다."

한나라의 광무제는 누이 호양공주가 흠모하는 신하 송홍이 조강지처를 버릴 수 없다는 말을 남기자 그것을 빌미로 누이의 욕망을 단념시켰고, 당나라 현종은 황후를 잃고 슬퍼하다가 황후를 닮았다 하여 며느리인 양귀비를 취했습니다. 상감마마께서도 다 아시는 내용이겠지요.

그러나 결과는 어떠하였습니까? 광무제는 곽 황후를 폐출하였고, 그 이전에는 곽 황후의 친정 집안도 몰살하지 않았습니까? 그동안 사람들은 음여화가 황후를 양보한 것으로 여겼으나 온갖 모략이 드러나지 않게 물처럼 스며들었을 것이 분명하옵니다. 광무제는 덕행이 모자라다는 이유만으로 조강지처인 곽 황후를 폐출하였으니 후

세가 어찌 그를 모범으로 여기겠습니까? 편애도 편애이
지만 친정 집안을 몰살하고서 곽 황후더러 덕행을 베풀지
않았다고 나무라는 것이 어찌 이치에 맞는 일이옵니까?
소인의 아비가 병으로 죽어갈 때 왕세자마마께서는 어찌
하셨습니까? 방치하셨습니다. 소인의 아비는 약 한 첩 제
대로 써보지도 못하고 운명하고 말았습니다. 소인의 친정
집안은 당연한 듯 몰락의 길을 걷고 있습니다. 몰살이나
진배없습니다.

뿐입니까. 조강지처의 자리에 며느리인 양귀비를 앉혀
놓고 나랏일을 팽개친 현종은 자신의 목숨을 살리고자 끝
내 양귀비마저 버렸으니 어찌 군자라 할 수 있는지요. 소
인은 휘빈의 폐출로 왕세자마마의 엄연한 조강지처이옵
니다. 소인이 원한 것은 아니었으나 현실은 그러하옵니
다. 재물이 늘고 권력이 커졌다 한들 결코 조강지처를 버
리지 않는 것이 이 나라 군자들의 윤리와 책임이라 여겼
거늘 어찌 이리 궁중에서부터 허물을 본보기로 삼으시는
지요. 진정 아름다운 여자라도 아름다움이 쇠하면 가을의
부채처럼 허망하게 버림을 받는 것이 맞는지요. 소인도
양귀비가 말한 것처럼 저 하늘의 견우성과 직녀성의 영원
한 애정이 너무나도 부럽사옵니다. 소인과 왕세자마마의

사랑도 저 부부와 같다면 얼마나 좋았을까요.

상감께서는 다시 말씀하셨습니다.

"어제 안평·임영 두 대군으로 하여금 영의정 황희, 우의정 노한, 좌찬성 김서인을 불러서 이를 의논하게 하였더니, 모두 말하기를, '마땅히 폐해야 될 것입니다.' 하였다."

소인은 이 모임에 진평대군께서 참석하지 않은 사실과 이유를 잘 알고 있사옵니다. 아울러 좌찬성 김서인이 어떤 역할을 했는지도 알고 있사옵니다. 소인을 내쫓고자 그림자처럼 숨어 있는 분이 바로 진평대군이며, 진평대군의 감언이설에 속은 중궁마마와 빈의 자리를 차지하기 위해 물불을 가리지 않는 권 승휘, 더불어 온갖 술수를 모두 동원하여 소인에게 모략을 일삼고 있는 좌찬성 김서인이 바로 배후인 것입니다.

여종 소쌍은 매를 맞고 죽어가면서 소인에게 말했습니다.

"순빈마마를 내쫓고자 일을 도모한 사람은 처음부터 끝까지 진평대군이라고 똑똑히 들었습니다. 좌찬성의 강압으로 순빈마마의 일거수일투족을 일러바쳐야 했습니다. 그렇지만…… 소인의 입을 막기 위해…… 소인도 속았습니다, 마마. 억울하옵…… 죄송하옵……."

소쌍은 그렇게 죽었습니다. 소인은 울었습니다. 소쌍이

잘못한 일은 권 승휘의 사비 단지를 사랑했다는 것뿐이었습니다. 그 찢어죽일 놈이 소쌍을 이용했습니다. 자신을 사랑한 여자를 버렸습니다. 개만도 못한 인간은 지금 아무런 처벌도 없이 호의호식을 하고 있는 것입니다.

상감마마께서는 다시 말씀을 하셨다지요.

"나도 거듭거듭 이를 생각해보니, 공자와 자사도 모두 그 아내를 내쫓았으며, 옛날 사람이 또한 어버이 앞에서 개를 꾸짖었다 하여 그 아내를 내쫓은 이도 있으니, 진실로 소중히 여기는 것이 있기 때문이다."

진실로 소중한 것은 무엇이옵니까? 군자의 법도? 부모님을 기쁘게 하기 위한 명분? 짐승보다 못한 여인의 몸으로서 감히 개에게 화풀이를 했기에 그에 따른 체벌? 부부간의 사랑보다 진실로 소중한 것은 도대체 무엇입니까? 조강지처를 버릴 만큼 진실로 소중히 여기는 것은 도대체 무엇입니까?

누군가 지금 한 여성을 노리고 있다

자자, 빨리 좀 끝냅시다. 술집 여자 이미자, 여성단체 간사 김지숙, 신인 여배우 오찬란, 대학 강사 김경수라는 사람을 합하면 네 명이 연쇄 살인으로 죽었어요. 아시죠? 네. 이 중에서 이미자, 오찬란, 김경수가 원장님의 병원에서 수술을 받은 적이 있습니다. 아시죠? 처음에는 몰랐는데 나중에 들었습니다. 이 사람들을 포함해서 총 15명의 여성들이 글을 나누어서 인터넷 포털 사이트에 소설을 연재하고 있었어요. 아시죠? 몰랐습니다. 몰랐어요? 정말 몰랐습니다. 이러면 곤란한데요. 뭐, 뭐가요? 위증을 하시면 나중에 처벌을 받을 수 있습니다. 제가 무슨 위증을 했다는 거죠? 좋아요, 나중에 좀 더 구체적으로 따져봅시다. 에, 원장님께 수술을 받은 사람 중에서 박효연이라는 대학원생이 있는데 유일하게 살아 있어요. 아시죠? 아, 얘기는 들었습니다.

피해자들의 사망 시점에 신 원장님께서는 희한하게도 매번 세미나에 참석하셨네요. 맞나요? 그러니까 지금 형사님께서는 저를 연쇄 살인의 범인이라고 보시는 거군요? 묻는 말에만 대답을 하세요. 맞습니다. 제출한 자료에서 보시는 것처럼 몇 달간 세미나 때문에 정신이 없었습니다. 좋습니다. 그러면 살해된 여성 네 명 중에서 세 명이 어떤 식으로든 원장님 병원에서 수술을 받은 적이 있어요. 어떻게 설명하시겠습니까? 말씀을 드렸잖습니까? 배우였던 오찬란 씨가 소개를 해서 모두 염가로 수술을 한 겁니다. 오는 손님을 막겠습니까? 그런데 왜 거짓말을 했어요? 제가 언제 거짓말을 했다는 겁니까? 내가 처음에 심문을 했을 때는 오찬란이가 배우인 줄 몰랐다고 했으면서 지금은 배우라는 말을 쓰고 계시잖아요. 그때는 몰랐죠. 그러니까 그렇게 말씀을 드린 것이고요.

자자, 그러면 또 물어봅시다. 『거짓말쟁이들의 추리』라는 소설을 아시죠? 제목은 알지만 내용은 모릅니다. 이 양반, 안 되겠네. 다시 한 번 묻겠습니다. 『거짓말쟁이들의 추리』라는 소설의 내용을 모르십니까? 모릅니다. 그러면 연쇄 살인으로 죽은 네 명을 포함해서 총 15명의 여성들이 글을 나누어서 인터넷 포털 사이트에 소설을 연재하고 있었어요. 아셨죠? 몰랐다니까요. 아, 씨발놈이 입만 열면 거짓말이네. 지금 저한테 욕을 하신 겁니까? 이거 보세요, 원장님! 제가 하는 욕은 욕이 아니라 충고입니다, 충고. 원장님, 현실을 좀 똑바로 보세요. 그게 무슨 말씀이십니까? 저희가 원장님 병원에서 이 책을 발견했습니다. 이래도 발뺌을 하실 겁니까? 그 책이 무슨 책인데요? 이게 바로 『거짓말쟁이들의 추리』라는 장편소설입니다. 모르세요? 잠깐만 줘보세요.

제가 한 가지 물어봐도 됩니까? 얼마든지. 이 책이 제 병원에서 발견이 됐다면 포장이 된 상태였나요, 아니면 포장이 뜯어진 상태였나요? 그게 무슨 말이오? 제 병원으로 이 책이 배달이 됐다면 포장지가 뜯겨 있었나 그렇지 않았나 궁금해서 묻는 겁니다. 그래서요? 오찬란 씨가 그랬는지 다른 사람이 그랬는지는 기억이 나지 않지만 제게 책을 보내겠다는 환자가 있었거든요. 그게 누구죠? 모르겠습니다. 어쨌든 이 책을 병원에서 발견하셨다면 저는 포장지를 뜯은 적이 없습니다. 틀린가요? 맞긴 맞소, 우편 봉투에 밀봉이 된 채 발견이 되었으니까. 그것 보세요. 제게 보내오는 우편물은 수도 없이 많아서 저로서는 뜯어볼 시간도 없습니다. 그러니 저는 이 소설의 내용을 모를 수밖에요.

그 소설책이 그렇게 중요한 책인가요? 이 책은 출간이 되자마자 모두 사라졌어요. 사, 사라졌다고요? 그렇소. 그, 그게 가능한가요? 서점이 한두 군데도 아니고. 맞습니다. 그 많은 서점을 모두 뒤진 사람들에 의해서 책이 모두 사라졌어요. 이, 이유가 뭐죠? 아직은 모르겠소. 이 소설 때문에 피해를 입을 사람이 과연 누구인지도. 생각보다 복잡하군요. 그렇지만 이것 하나만은 분명합니다. 뭐죠? 연쇄 살인마는 이 소설을 만드는 데 참여한 여성들을 골라서 죽이고 있다는 것이죠. 아마, 지금 이 순간에도 한 여성을 노리고 있겠죠.

제6장

사실과 진실 사이에
섬 하나

몸의 사랑

그 아이의 손길이, 그 아이의 살 냄새가 사무치도록 그립습니다. 음양이 있고, 암수가 있는데 하물며 매 맞아 죽은 아이가 그리워 몸이 떨고 있으니 상감마마께서 어찌 이해를 하시겠습니까? 증오의 얼굴이 수천 개가 넘는데 사랑이라고 다르겠습니까? 이제야 알겠습니다. 저는 그 아이를 사랑했습니다. 마음보다 몸이 앞선 사랑이었습니다. 수천수만 가지의 사랑 중에 하나일 뿐입니다.

마음으로 사랑하는 것보다 몸으로 사랑하는 것이 더 간절하다는 것을 소쌍을 통해 알게 되었습니다. 마음보다 몸으로 기억하는 일이 더 정확하다는 것을 알게 되었습니다. 그 아이의 손끝이 피부를 스칠 때마다, 그 아이의 혀끝이 귓바퀴와 목덜미와 겨드랑이와 유두와 배꼽과 사타구니를 침범할 때마다, 그 아이의 손가락이 숲을 헤치고 동굴을 파고들 때마다 일제히 일어나는 행복은 세상의 어떤 것보다 정확했습니다. 물론 소쌍이 권 승휘의 사비 단지를 마음으로 사랑한 것은 유감이었지만, 소쌍이 소인과는 몸으로 사랑한 것은 다행이었지만 모든 것을 다 가질 수는 없는 노릇이었습니다. 비록 간악한 무리의 조종을 받았다 하더라도, 그러다 그들에 의해 이용만 당하고 매를 맞아 죽어 갔더라도 그 아이는 사랑 앞에서 위대했습니다.

분명한 것은 왕세자마마가 소인에게 더 이상 그립지 않은 존재가 되었다는 것입니다. 눈곱만큼도 그립지 않습니다. 정확하지 않은 것은 소인에게 의미가 없습니다. 소인은 더 이상 추상적인 것을 사랑할 수 없게 되었습니다.

다시 한 번 말씀을 올리옵니다. 소인을 내쫓고자 그림자처럼 숨어 있는 분이 바로 진평대군이며, 진평대군의 감언이설에 속은 중궁마마와 빈의 자리를 차지하기 위해 물불을 가리지 않는 권 승휘, 더불어 온갖 술수를 동원하여 소인에게 모략을 일삼고 있는 좌찬성 김서인이 바로 배후입니다. 훗날 이들의 행태를 유심히 감찰하소서.

　배후가 있다 한들 무슨 소용이 있겠습니까? 간악한 무리의 실체를 알면서도 침묵과 방임으로 일관한 사람들이 더 야속한 것을. 사실을 알고 진실을 아는 이들의 침묵이 소인뿐만이 아니라 이 나라를 죽이고 있다는 사실을 아실런지요.

　그 아이가 사무치도록 그립습니다. 그 아이를 몸으로 사랑한 것을 후회하지 않습니다. 또 다른 행복이었으니까요. 진정 후회는 없습니다.

불행의 시조

서형철이 죽었다고요? 그게 사실입니까? 그렇다니까. 사인은요? 남자 새끼라 옷만 벗기지 않았다 뿐이지 살해 수법이 동일해. 없는 집에 맨날 제사만 돌아온다니까. 이 상황에 그 말은 어울리는 것 같지가 않습니다만. 지금 나한테 따지는 거냐? 보자 보자 하니까 만만한 게 홍어 좆이지? 어떻게 보면 서형철은 이번 연쇄 살인을 풀 수 있는 유일한 열쇠인 셈인데 죽었다면 큰일이 아닙니까? 말도 마라. 그놈이 소동파21 김봉춘의 아들인데 장례식장에 깍두기들이 좍 깔렸다. 김봉춘이요? 올해 강남 상권을 모두 접수했다는 그 김봉춘이요? 그렇다니까. 믿어지지 않네요. 서형철이 김봉춘의 아들이라면 사건이 걷잡을 수 없는 상황이네요. 성도 다르잖아요.

화투질과 좆대가리는 만질수록 커진다더니 돌아버리겠네. 그나저나 너는 어디 김씨냐? 그, 그건 왜 물으세요? 궁금해서. 동산 김씨인데요. 그런 김씨도 있어? 그럼요. 해창 김씨도 있냐? 그럼요. 김씨 시조가 그렇게 많은 줄 꿈에도 몰랐다. 동산 김씨의 시조는 누군데? 이상하군요. 뭐가? 제 호구 조사를 하시는 이유가 뭡니까? 궁금해서. 불쾌합니다. 말해주면 되는데 굳이 화를 내는 이유는 뭐야? 말하고 싶지 않습니다. 알아보면 되는데 굳이 피하는 이유는 뭐야? 알아보시면 될 거 가지고 굳이 묻는 이유는 뭡니까? 알았다, 알았어.

말 못 할 사연의 실체

형철 오빠가 죽었다니 말도 안 돼요. 무서워요. 너는 더 무서운 년이야. 뭐라고요? 너는 나나 모든 사람들에게 김형철의 신분을 끝까지 속였잖아. 어쩐지 그 새끼의 신원 파악이 안 되더라니. 한 가지만 묻자. 뭔데요? 넌 소설 이어쓰기에 참여를 안 했지? 네. 왜? 그런 것까지 이유를 설명해야 하나요? 제안을 한 것도 너고, 소설 합평회를 한 곳도 네가 운영하는 지스팟이었고 이상하잖아? 제가 소설 이어쓰기를 제안한 것은 여성단체의 간사였던 김지숙 씨가 운을 떼서 시작된 일이고, 제가 참여하지 않은 것은 불필요한 오해를 피하기 위해서였어요. 오해? 네, 저는 유일하게 문학을 전공한 사람이고, 제가 앞에 나서면 회원들이 주눅이 들어 참여도가 떨어질 수 있으니까요.

어쨌든 이번 소설 이어쓰기에 참여한 인물들은 15명이었지? 네. 그중에서 이미자, 오찬란, 김지숙, 김경수, 서형철, 아니 서형철의 본명은 김형철이었지. 3분의 1에 해당하는 다섯 명이 이미 죽었고. 네. 그런데 직간접적으로 너와 김 기자가 관여를 했네? 마, 맞아요. 죽은 다섯 명 중에서 관련된 남자들이 이미자는 룸살롱을 하는 경재용 사장, 김지숙은 고시 공부하는 찌질이, 오찬란은 소속사 이용우 사장, 재벌 3세 한차웅, 검사 김도훈, 김경수는 박우현 교수 등이네. 그, 그런가요? 너는 김형철과 김 기자와

나고. 저는 왜요? 어쨌든. 왜 자꾸 저를 끌어들이시는 거냐고요?

어쨌든. 나머지 살아 있는 사람들은 교수 부인 김유경, 출판사 편집자 오경아, 디자이너 실장 노영현, 희곡 작가 김혜정, 드라마를 공부하는 대학원생 박효연, 대학에 근무하는 조은영, 대학 강사 정윤서, 자선단체에서 간사로 근무하는 이영애, 출판사 편집장 김혜선, 영화 세트 제작자 박유진 등이네. 그, 그런가요?

지금 살아 있는 열 명이 뭔가 숨기고 있는 것 같은데…… 혹시 아는 게 있어? 숨기는 거라뇨? 뭔가 말 못 할 사연들이 있는 것 같아. 근거는요? 근거는 좆도. 내가 마늘코라 그런다. 그래서……. 그래서요? 열 명을 모두 모아 놓고 그 실체를 알아볼 생각이야. 이번 사건은 생각보다 재미가 있어. 두고 보라고, 두고 봐.

천망회회 소이불실

아…… 아……. 마이크 테스팅, 마이크 테스팅. 록! 록! 마이크 테스팅 중입니다. 아…… 아……. 괜찮군요. 에……

지금부터 이번 연쇄 살인과 피해가 예상되는 관련자들을 모시고 현안문제에 대해서 회의를 시작하도록 하겠습니다. 먼저 이번 회의 내용은 모두 동영상으로 촬영되고 있다는 사실을 알려드리며, 이번 연쇄 살인과 관련된 인물들의 심문 및 진술의 의미가 담겨 있는바 위증의 사실이 드러날 경우 법적 책임을 물을 수 있다는 것을 인지해주시기 바랍니다. 아울러 발언을 하실 경우에는 원활한 조서 작성을 위해 본인의 이름을 정확히 밝혀주시고 진행자의 질문에 대해 불리하다고 판단할 경우 묵비권을 행사하셔도 무방하다는 것을 알려드립니다.

그러면 인원 파악을 해보도록 하겠습니다. 모두 참석한 걸로 압니다만 명단을 한꺼번에 부를 때 거수만 해주시면 되겠습니다. 교수 부인 김유경 씨, 출판사 편집자 오경아 씨, 디자이너 실장 노영현 씨, 희곡 작가 김혜정 씨, 대학원생 박효연 씨, 대학에 근무하는 조은영 씨, 대학 강사 정윤서 씨, 자선단체 간사 이영애 씨, 출판사 편집장 김혜선 씨, 영화 세트 제작자 박유진 씨! 빠진 분 없죠?

질문이 있습니다. 뭔가요? 이번 연쇄 살인과 관련이 있다고 하여 이렇게 단체로 심문 및 진술을 하는 것은 개인의 인권 침해가 우려됩니다. 실례지만 누구시죠? 박효연입니다. 아, 무리한 상황이라는 것은 압니다만 소설 이어쓰기에 참여한 여러분들만 따로 모신 이유는 가장 피해가 유력시되고, 회의를 통해 공통의 의견을 모아 생명의 위협을 받고 있는 현재의 상황에 공동으로 대처하고 싶다는 내부 의견을 받아들인 결과입니다. 사전에 말씀을 드리지 않았나요? 누가 그런 제안을 했는지는 듣지 못했습니다.

김유경입니다. 네, 말씀하세요. 이번 자리를 마련해 달라고 경찰 측에 부탁을 드린 것은 저 김유경입니다. 사적인 자리를 마련하고 싶었습니다만 생명의 위협을 받고 있는 이상 경찰의 보호를 받을 수 있는 곳에서 공동의 의견을 듣고자 제가 강 형사님께 제안한 것입니다. 잘 아시겠지만 우리들은 이번 소설 이어쓰기에 참여했지만 아는 이도 많지 않고, 서로의 신분에 대해 아는 것도 많지 않습니다, 아닌가요? 맞습니다, 그렇지만……. 누구시죠? 아, 저는 이영애입니다. 발언을 하고 싶으시면 이름을 먼저 말씀해주십시오. 네, 알겠습니다. 저는 자선단체에서 근무하고 있는 이영애라고 합니다. 경찰 조서를 쓸 때는 개인의 신분이나 여러 가지 정보를 보호받을 수 있지만 이렇게 집단적으로 심문과 진술이 이어질 경우 인권 침해가 걱정이 되는 것은 사실입니다.

오늘 회의나 회의를 통해 공동의 대응방식을 찾자는 의견에 대해 모두 동의하신 줄 알았는데 그렇지 않다면 이렇게 하겠습니다. 오늘 참석한 분들 중에서 회의나 심문, 진술 등의 방식에 대해 동의할 수 없다면 지금이라도 돌아가셔도 됩니다. 다만 오늘 회의에 참석하지 않은 분들은 저희가 개인별로 따로 모셔서 심문을 하도록 하겠습니다. 물론 오늘 모인 분들의 의견과 대응방식에 대해서도 포함시키지 않겠습니다. 돌아가실 분들은 지금 돌아가셔도 됩니다.

없습니까? 돌아가실 분이 한 분도 없으세요? 좋습니다. 그러면 바로 시작하겠습니다. 김유경 씨! 네. 여기 모이신 분들과 살해된 회원 중에서 누구누구를 아시나요? 네, 저는 합평회 때 만났던 박효연 씨와 이미 살해된 이미자, 김지숙, 오찬란, 김경수, 서형철, 그리고 박지연 씨를 알고 있습니다. 그러면 여기 모이신 분들 중에서 유일하게 박효연 씨만을 알고 있나요? 그렇습니다. 박효연 씨! 네. 여기 모이신 분들과 살해된 회원 중에서 누구누구를 아시나요? 저는 이미 살해된 분들과 김유경 씨, 박지연 씨 외에는 아는 분이 없습니다.

오경아 씨! 예. 여기 모이신 분들과 살해된 회원 중에서 누구누구를 아시나요? 저는 살해된 5명과 박지연 씨, 박효연 씨 외에는 만나거나 아는 분이 없습니다. 노영현 씨! 네. 여기 모이신 분들과 살해된 회원 중에서 누구누구를 아시나요? 저도 살해된 5명과 박지연 씨, 박효연 씨 외에는 만나거나 아는 분이 없습니다. 잠깐 나머지 분들에게 한꺼번에 묻겠습니다. 김혜정 씨, 조은영 씨, 정윤서 씨, 이영애 씨, 김혜선 씨, 박유진 씨도 살해된 5명과 박지연 씨, 박효연 씨 외에 만나거나 아는 분이 있습니까? …….
없군요.

박효연 씨에게 묻겠습니다. 네. 박지연 씨와는 어떤 관계입니까? 어떤 관계라뇨? 이름이 한 글자만 다른데 두 분이 인척 관계는 아닌가요? 아닙니다. 소설 이어쓰기 모임을 주도한 사람이 박지연 씨가 맞습니까? 네. 두 분은 어떻게 처음 만났습니까? 카페에 술 마시러 갔다가 우연히 알게 되었습니다. 그러면 이번 소설 이어쓰기를 주도적으로 진행한 분들이 살해된 5명, 지스팟 주인 박지연, 그리고 박효연 씨로 보이는데 맞습니까? 네, 아니오. 박효연 씨, 네입니까, 아니오입니까? 사실, 소설 이어쓰기를 주도적으로 했느냐, 아니냐는 별로 중요한 내용이 아닙니다. 확실하게 진술을 하시죠. 마, 맞습니다. 그런데 왜 거짓말을 하셨죠? 제가 무슨 거짓말을 했다는 거죠? 소설 이어쓰기를 주도적으로 진행했느냐, 그렇지 않느냐를 물었는데 왜 아니라고 하셨죠? 처음부터 참여한 것이 아니었고, 계속 이어질 때는 빠지지 않았으니 애매하잖아요. 알겠습니다.

출판사 편집장이신 김혜선 씨! 네. 왜 거짓말을 하셨죠? 그, 그게 무슨 말씀이세요? 이번에 소설 『거짓말쟁이들의 추리』의 출판을 김혜선 씨가 진행하셨죠? 네. 그런데도 소설의 내용을 다 모른다고 하셨는데 맞습니까? 맞아요. 소설의 마지막 부분 2회는 저도 본 적이 없어서 지금도 모릅니다. 그게 말이 되나요, 마지막 2회를 보지 못한 이유가 뭡니까? 마지막 2회는 박효연 씨와 박지연 씨가 마무리하기로 되어 있었는데 연재가 중단되었기 때문이죠. 알겠습니다.

노영현 씨! 네. 왜 거짓말을 하셨죠? 제가 무슨 거짓말을 했다는 겁니까? 이번 소설의 표지를 노영현 씨가 맡았다면서요? 맞아요. 그런데 출판사 편집장 김혜선 씨를 모른다는 게 말이 됩니까? 정말 모릅니다. 제가 작업한 표지 시안은 퀵 서비스 아저씨가 받아 갔으니까요. 김혜선 씨와 한 번도 만나거나 연락한 사실이 없습니까? 없습니다, 결단코. 그러면 누구의 지시를 받았나요? 지시라뇨? 표지 작업의 의뢰나 시안을 넘길 때 누군가에게 지시를 받았을 게 아닙니까? 네, 박지연 씨의 부탁을 받았습니다. 좋습니다.

이제 여러분 모두에게 묻겠습니다. 소설 이어쓰기를 하실 때 반응이 좀 있었습니까? 반응이라니 구체적으로 어떤 걸 말씀하시는 건가요? 누구시죠? 아, 김유경입니다. 예를 들면 이런 소설을 연재할 때 독자나 네티즌들의 반응이 있었을 것이 아닙니까? 노영현인데요, 반응은 별로였어요. 조회수도 그리 많지 않았으니까요. 별다른 일은 없었나요? 별다른 일이라뇨? 누구시죠? 정윤서인데요. 예를 들면 압박이나 위협 같은 게 없었나요? 네, 그런 게 있었는지 모르겠는데요. 누구시죠? 죄송합니다, 박효연입니다. 박효연 씨! 네. 왜 거짓말을 하시죠? 거, 거짓말을 했다고요? 그, 그게 무슨 말씀이세요? 연재한 사이트의 게시판에 보니까 다음과 같은 글이 남아 있더군요. 천망회회 소이불실天網恢恢 疎而不失.

저는 이영애인데요, 무슨 뜻인가요? 조사해보니 『노자』에 나오는 글이라네요. 하늘의 그물은 엉성해 보여도 꽤 넓어서 악인惡人에게 벌罰을 주는 일은 빠뜨리지 않는다는 뜻이더군요. 그, 그게 왜 저희를 위협하는 글이죠? 하늘 무서운 줄 모르고 떠드니 벌을 주겠다는 뜻이 담긴 셈이죠. 게시판에서 그 글을 본 것도 같은데 무슨 뜻인지는 몰랐어요. 그 글은 누가 남긴 건가요? 누군가가 PC방에서 올린 글이더군요.

저희들은 이제 어떻게 해야 되죠? 누구시죠? 아, 저는 김유경입니다. 자, 앞으로 살해된 피해자들과 관련된 인물들에 대한 심문이 이와 같은 형태로 옆방에서 진행될 예정입니다. 그 결과에 따라 여러분들과 다시 논의하겠습니다. 잠시만 기다려주시죠. 범인의 윤곽이 드러나기 시작했거든요.

늙어 죽어 흙이 되어서라도

상감마마께서는 다음과 같이 말씀을 하셨습니다.

"대의로써 결단하여 그렇게 아니 할 수가 없는데, 경 등은 일을 처음부터 끝까지 상세히 알고 있으니, 교지를 만들어 초해서 바치도록 하라. 옛날에 김 씨를 폐할 적에는 내가 한창 나이가 젊고 의기意氣가 날카로와서, 빈을 폐하고 새로 다른 빈을 세우는 것은 중대한 일이므로 애매하게 할 수 없다고 여긴 까닭으로, 그 일을 교서에 상세히 기재하였으나, 지금은 그렇게 할 필요가 없다. 봉 씨가 궁궐의 여종과 동숙한 일은 매우 추잡하므로 교지에 기재할 수는 없으니, 우선 성질이 질투하며 아들이 없고, 또 노래를 부른 네댓 가지 일을 범죄 행위로 헤아려서, 세 대신과 더불어 함께 의논하여 속히 교지를 지어 바치게 하라."

다시 말씀을 올리거니와 상감마마께 곡좌하는 마음으로 이 글을 마무리할까 합니다. 그렇다고 결코 부끄럽거나 후회가 남아 있는 것은 아닙니다. 전하께서는 세간의 풍속으로도 제게는 어른이시고, 시아버님이시고, 한 나라의 국왕이시기 때문입니다. 그것뿐입니다. 발칙하다 나무랄 것이고, 천하다 책망하시겠지만 오히려 저는 어떤 격식도 차릴 생각이 없습니다. 물론 소인이 남긴 글이 세간에 알려지고 공개된다면 간악한 무리들은 이를 빌미로 그나마 남아 있는 제 목숨을 앗아갈 것입니다. 뿐입니까? 몰락한 저의 집안과 식솔들을 3족뿐만 아니라 5족을 모조리 도륙할 것입니다.

하는 수 없습니다. 사제로 돌아와 몇 날 며칠을 목 놓아 울었는지 기억도 나지 않습니다. 목숨이 붙어 있을 뿐 사제의 일상은 이미 죽은 것이나 진배없기 때문입니다. 소인은 여자이고, 짐승이며, 여자와 짐승은 이 시대에서는 같은 뿌리인 까닭입니다.

성질이 질투하며 아들이 없고, 또 노래를 불러 소인을 폐한다고 말씀을 하셨습니까? 소인은 질투한 바가 없고, 어떠한 물증도 없사옵니다. 소인은 궁궐 여종들로 하여금 항상 남자를 사모하는 노래를 부르게 한 것이 아니라 왕세자마마를 그리워한 시를 지은 바는 있으나 여종들이 그를 외워 입에서 입으로 전해진 정황은 몰랐습니다. 이는 여종들에게 물으면 확실히 알게 될 일을 굳이 조사를 꺼리는 사유는 무엇입니까?

몰래 시녀의 변소에 가서 벽 틈으로 엿보아 외간 사람들을 바라보았다고 하셨습니까? 아니옵니다. 사람이 어찌 탈이 난 배를 감당할 것이며, 왕세자마마 외에는 어떤 외간 남자도 그리워해본 적이 없습니다.

지난해 생신에 쓴 오래된 물건을 몰래 가져다가 새로 마련한 것처럼 속이고 세자께 바쳤다고 하셨습니까? 우연한 일치의 사건을 확대 과장한 중상모략이옵니다. 궁중에 쓰는 물건과 음식물을 몰래 소인의 어머니께 보냈다고 하셨습니까? 말도 안 되는 추리요, 꾸며낸 이야기이옵니다.

소인에게 어명을 받들고 온 무리들 속에는 그자가 속해

있었습니다. 지난날 온갖 재화를 들고 제 아버님의 집과 문턱을 넘다가 쫓겨난 이가 바로 그였습니다. 그의 이름은 바로 좌찬성 김서인이었습니다.

이제야 소인은 사실을 모두 자복하였습니다. 하나도 숨김없이 낱낱이 밝히어 이 땅에 딸로 태어난 이들이 어떻게 살았으며, 이 땅에 여자로 자라난 이들이 어떻게 고통받고 스러졌는지 자복하였습니다. 그 아이가 그립습니다. 상전을 위해, 자신의 사랑을 위해서 처절하게 죽어간 아이. 도대체 그 생명을 앗아간 자는 누구입니까? 그 아이의 목숨을 앗아갈 권리가 있는 자는 누구입니까?

주상전하, 소인은 눈물이 앞을 가립니다. 자애롭고 총명한 성군께서 어쩌다 이렇게 성정을 잃으셨단 말입니까? 인륜보다, 천륜보다 더 소중한 것은 무엇입니까? 일련의 사건들은 소인이 규곤의 의칙을 어긴 것으로만 규정할 일이 결코 아니며, 간언과 모함으로 세력을 얻고자 하는 이들의 억측입니다. 억울하옵니다. 결코 하늘이 가만히 있지 않을 것입니다.

기유년에 휘빈마마를 그리 내치시고, 오늘날에 이르러 소인을 이렇게 내쫓으셨으니 속이 시원하십니까? 이 또한 상감마마의 의기가 날카로운 까닭입니까? 생각해보면 세상에서 가장 간악하고 비겁한 자가 바로 일을 저지르고 여인네의 치마폭에 숨는 자입니다. 휘빈마마를 죽음의 구렁텅이로 밀어 넣은 사람이 누구이옵니까? 물증도 없고, 말도 안 되는 거짓말을 꾸며내어 소인을 내쫓게 만든 사람이 누구입니까? 중궁마마의 치마폭에 숨어 있는 왕세자마마입니다.

소인은 결코 죽지 않겠습니다. 휘빈마마께서는 폐출되고 스스로 목숨을 끊었지만 소인은 다릅니다. 결코 소인은 스스로 목숨을 끊지 않을 것이며, 기유년의 피맺힌 한과 오늘에 이르러 소인의 억울함을 세상에 낱낱이 알릴 것입니다.

전하, 세상은 기억할 것입니다. 이 시대에는 짐승들도 누리는 사랑과 희망을 여자라는 이유만으로 거세당할 수밖에 없었다는 것을. 그리고 후세는 반드시 기억할 것입니다. 소인의 억울한 누명을. 아울러 전하께서도 반드시 기억하셔야 할 것으로 압니다. 전하께서도 여성의 몸을 빌려 이 땅에 태어났다는 것을.

한 가지는 인정할 수밖에 없습니다. 현재 소인에게 아들이 없다는 것입니다. 아이를 유산한 일조차 왜곡하고 모함하는 마당에 구차하게 설명을 한들 무슨 소용이 있겠습니까? 하오나 죽은 아이의 영혼과 더불어 소인이 늙어 죽어 흙이 되어서라도 진실을 밝힐 것이며, 어떤 방식으로든 그 억울함을 남길 것입니다.

그들만의 리그

아…… 아……. 마이크 테스팅, 마이크 테스팅. 록! 록! 아…… 아……. 괜찮군요. 에…… 지금부터 이번 연쇄 살인의 현안문제에 대해서 단체 심문을 시작하도록 하겠습니다. 미리 말씀을 드립니다만 이번 단체 심문의 경우 대질 심문의 또 다른 형태의 한 방법이며, 법률적 검토에 의해 합법하다는 의견을 받았으니 인권의 피해 문제로 이견이 있으신 분은 묵비권을 행사하셔도 되며, 지금 퇴장하셔도 됩니다. 다만 퇴장한 분에 한해 심도 있는 개별적 심문이 이루어질 것입니다. 아울러 이번 심문 내용은 모두 동영상으로 촬영되고 있다는 사실을 알려드리며, 위증의 사실이 드러날 경우 법적 책임을 물을 수 있다는 것을 인지해주시기 바랍니다. 아울러 발언을 하실 경우에는 원활한 조서 작성을 위해 본인의 이름을 정확히 밝혀주시기 바랍니다.

　이제 선택하실 기회를 드리겠습니다. 퇴장하실 분들은 지금 돌아가셔도 됩니다. 없습니까? 돌아가실 분이 한 분도 없으세요? 없군요. 좋습니다. 그러면 인원 파악을 해보도록 하겠습니다. 모두 참석한 걸로 압니다만 명단을 한꺼번에 부를 때 거수만 해주시면 되겠습니다. 강남 룸살롱 경재용 사장님, 싱잉엔터테인먼트 이용우 사장님, 대한전자 한차웅 전무님, 중앙지검에 김도훈 검사님, 세연대학 박우현 교수님, 미미성형외과 신명성 원장님, 소동21 김봉춘 사장님, 우주그룹 김태용 사장님, 《대한일보》 김형석 기자님, 지스팟 박지연 사장님! 빠진 분 없죠?

　경재용 사장님? 네. 이미자 씨가 죽은 거 아시죠? 네. 이미자 씨를 언제 어디서 처음 보셨죠? 작년 여름쯤인가 가게에서 처음 보았습니다. 가게에 여성들이 몇 명이나 됩니까? 150명 정도…… 아, 씨! 뭐라고요? 아, 아닙니다. 영업 비밀인데…… 아, 씨! 그 많은 여자 중에 왜 하필 이미자였죠? 그게 무슨 말씀이십니까? 아, 이미자 씨와 가까워진 이유가 따로 있었나요? 지배인 씨발놈이 잠자리에서 죽인다고 해서요. 솔직히 말하면 지혜 그년과 별로 가까운 사이도 아닙니다. 이미자 씨가 그 가게에서 이지

혜라는 이름을 썼었죠? 맞습니다. 잠자리에서 죽여주던가요? 그건 후라이버시 문제라 말하지 않겠습니다. 프라이버시가 아닌가요? 어쨌든 말하지 않겠습니다. 좋습니다.

이용우 사장님? 네. 오찬란 씨가 죽은 거 아시죠? 오찬란 씨를 언제 어디서 처음 보셨죠? 2년 전 봄인가 소속사에서 처음 보았습니다. 소속사 배우들이 몇 명이나 됩니까? 50명 정도인데…… 오찬란은 투자를 많이 한 케이스입니다. 2년 동안 투자한 비용이 얼마나 되나요? 업계 비밀이라 말하지 않겠습니다. 오찬란은 어떤 동기로 선발했나요? 신인으로서 청순하면서도 육감적인 매력이 있어서 픽업했습니다. 픽업이라면 다른 소속사에서 데려왔다는 얘기인가요? 그렇습니다. 전 소속사 대표가 성추행이 심해서 뛰쳐나왔다고 하더군요. 오찬란 씨와 관계를 한 적이 있나요? 결단코, 없습니다. 웃기고 있네, 씨발놈! 한차웅 전무님, 지금 뭐라고 하셨죠? 한차웅입니다, 오찬란 얘기로는 저 새끼가 순 변태랍디다. 오찬란이 이용우 사장에게 성적 괴롭힘을 당했다는 얘기입니까? 맞습니다. 저는 그저 그 신인 배우가 불쌍하고 애틋해서 도와주고 싶었을 뿐입니다.

김도훈 검사님께서는 쓴웃음만 흘리고 계신데 혹시 하

실 말씀이 있습니까? 없습니다. 좋습니다. 그러면 한차웅 전무님은 오찬란 씨를 어떻게 알게 되었습니까? 이용우 사장이 소개해서 처음 알게 되었습니다. 아닙니다. 이용우 사장님, 지금 뭐라고 얘기하셨죠? 한차웅 전무가 텔레비전에 나온 오찬란이 좆나리 밝히게 생겼다고 만나게 해 달라고 해서 소개한 겁니다. 너 지금 뭐라고 했어? 내가 틀린 말을 했냐, 씨발놈아? 어쭈, 이 새끼가 뒈질라고.

　자자, 그만하시죠. 김도훈 검사님, 오찬란을 아시죠? 모릅니다. 본 적이 없다는 말씀이신가요? 본 적도 없고, 만난 적도 없습니다. 좆 까고 있네, 씨발놈! 한차웅 전무님, 뭐라고 하셨죠? 나더러 오찬란을 소개해 달라고 한 놈이 바로 저놈입니다. 꼴에 검사라고 오리발이네. 이 멍청한 새끼야! 근데 이 좆만 한 놈이 누구더러 멍청하다는 거야? 강 형사님! 네, 김도훈 검사님! 난 이런 수준 떨어지는 애들 놀음에 말려들 수 없어요. 그래서요? 난 퇴장하겠으니 나를 심문하려거든 따로 통보해주시오. 그러셔도 됩니다. 야, 씨발놈아! 혼자만 살겠다는 수작이지? 니가 오찬란을 본 적도 만난 적도 없다고? 그년이랑 너랑 찍은 사진도 내가 다 가지고 있어 씨발아. 옷 벗을 생각이나 하고 있어라, 개놈아.

자자, 진정하시고. 박우현 교수님? 네. 김경수 씨가 죽은 걸 잘 아시죠? 압니다. 언제 처음 보셨고, 어디서 만나셨습니까? 김경수는 저의 제자입니다. 학부 때부터 줄곧 보았고, 석사와 박사과정에서 지도교수였습니다. 졸업생들을 상대로 탐문을 해보니 김경수 씨는 석박사를 3년 만에 땄는데 박우현 교수님의 영향이 컸다고 하더군요. 김경수 학생은 머리도 좋고 학구열이 높은 우수한 학생이었습니다. 김경수 씨가 신입 강사로서는 드물게 전임을 딴 것도 박우현 교수님의 보살핌이 있었다고 주장하더군요. 본인이 공부를 열심히 한 탓이죠. 그런데 김경수 씨가 중절수술을 한 사실을 아셨나요? 나, 나중에 들었습니다. 아기를 지운 다음에 얘기를 했나요, 그 전에 얘기를 하던가요. 솔직히…… 말하겠습니다. 그러시죠. 김경수로부터 협박을 받았습니다. 어떤 협박을 받았다는 거죠? 강사 전임을 시켜주지 않으면 폭로하겠다는 얘기였나요? 그, 그렇습니다. 그러나 절차상 하자는 없었습니다. 김경수를 죽이고 싶었겠네요? 그렇지 않습니다. 평생 짐이 될 것이라는 생각은 하셨죠? 그, 그런 생각도 하지 않았습니다. 제자를 성노리개로 삼으셨는데 그게 스승이 할 짓입니까? 하, 할 말은 다 했습니다. 좋습니다.

신명성 원장님! 네. 이번 연쇄 살인사건의 피해자들이 대부분 원장님의 성형외과에서 치료를 받았는데 완성도 면에서 그나마 만족한 경우가 있었습니까? 그게 무슨 말씀이시죠? 집도한 환자 중에서 의사 스스로 마음에 드는 경우가 있지 않을까요? 글쎄요. 의사들은 환자와 충분한 대화를 통해 환자가 원하는 바를 그대로 들어주는 것으로 만족해야 합니다. 다른 경우는 모르겠고, 저는 그 원칙을 지키고 있습니다. 환자와 어울리지 않아도 코를 높여주거나 턱을 깎는다는 말씀이신가요? 환자들은 저마다의 고민 때문에 콤플렉스가 있습니다. 그래서 저는 환자의 소망을 충분히 들어주는 입장입니다. 이번 피해자 중에서 기억에 남는 분이 있나요? 솔직히 말하면 저는 수술이 너무 많아 정신이 없습니다. 이번 피해자 중에서 기억나는 인물이 없습니다. 알겠습니다.

소동21 김봉춘 사장님? 네. 김봉춘 사장님의 직업은 무엇입니까? 유통업 대표입니다. 유통업이라…… 조폭이 아니시던가요? 무슨 말씀을 하시는지 모르겠소. 우리는 합법적으로만 일을 합니다. 우리라고 하셨는데 우리는 누구를 말하는 겁니까? 조폭들을 말하는 건가요? 말이 심하지 않소? 좋습니다. 김형철 씨가 아드님이시죠? 그렇소.

죽은 거 아시죠? 그렇소. 누가 죽였을까요? 강 형사님, 순진한 거요, 멍청한 거요? 그게 무슨 말씀이신가요? 내 아들이 죽었소. 누군지 알면 내가 지금 가만히 있겠소? 강 형사께서 빨리 찾아주셔야지요. 꼬부랑자지, 제 발등에 오줌 싸는 소리 좀 그만하셔요. 김봉춘 사장님, 혹시 저기 오신 우주그룹 김태용 사장님을 아시나요? 모르오. 모르⋯⋯신다? 그러면 김태용 사장님께 여쭤보겠습니다. 김 사장님께서는 우리나라 재벌 그룹의 사장님이신데 혹시 저기 소통파21의 조폭 두목 김봉춘을 아십니까? 모르오. 모르⋯⋯신다? 그러면 다른 질문을 드리지요. 김태용 사장님께서는 실례지만 어디 김씨인가요? 동산 김씨요. 시조는 누구죠? 조선 초기에 좌의정까지 올랐던 김서인이요. 또 묻겠습니다. 동산 김씨 종친회에서 어떤 직을 맡고 계십니까? 회장이요. 하나만 더 묻겠습니다. 저기 《대한일보》 김형석 기자님이 친아드님이시죠? 그, 그렇소.

다시 김봉춘 사장님께 묻겠습니다. 저기 지스팟 박지연 사장을 아십니까? 말하고 싶지 않소. 저기 박지연 씨는 아드님이신 김형철 씨가 사랑한 여자고, 평생 쫓아다닌 여자입니다. 모르세요? 누가 누굴 사랑한다는 거요? 저 쌍년이 우리 아들을 홀린 게지. 그 미친놈이 성까지 바꾸고 살았다니까. 그러니까 박지연 사장을 알기는 아신다는 얘기네요, 틀립니까? 말하고 싶지 않소.

그러면 다시 김태용 사장님께 묻겠습니다. 『거짓말쟁이들의 추리』라는 소설을 아십니까? 말하고 싶지 않소. 제가 조사한 바에 따르면 우주그룹 직원 중 한 명이 양심선언 끝에 제보를 해왔어요. 그 직원의 말에 따르면 시중 서점에 깔려 있는 『거짓말쟁이들의 추리』라는 소설을 모두 수집하여 파기했다는데, 그 배후에는 김태용 사장님이 계시다는데 어떻게 설명하시겠습니까? 아무 말도 하고 싶지 않소. 한 가지만 묻겠습니다. 제보한 우주그룹 직원이 사장님의 지시로 죽은 김형철 씨에게 15억 원을 송금했다고 진술했고, 계좌를 뒤져보니 사실로 확인이 되었습니다. 어떻게 설명하시겠습니까? 말하고 싶지 않소.

제가 다시 정리를 해보겠습니다. 박지연이라는 카페 주인이 주도가 되어 『조선왕조실록』에 나와 있는 순빈 봉씨의 폐출사건을 소재로 『거짓말쟁이들의 추리』라는 소설을 포털 사이트에 연재를 하기 시작했습니다. 제 생각으로는 소설에 등장하는 인물 중에서 진평대군이 봉 씨폐출사건의 핵심이고, 좌찬성 김서인이 사건을 기획한 인물로 지목을 받고 있었죠. 역사적 사실이나 진실이야 차

치하더라도 김서인은 당시에는 종1품 좌찬성이었지만 좌
의정까지 올랐으니 동산 김씨의 시조가 된 인물이죠. 시
조인 김서인을 악인으로 몰아가는 걸 동산 김씨 종친회에
서 곱게 볼 수는 없었겠지요.

본론으로 들어가지요. 소설에 대한 왜곡된 시각에 불만
을 품은 동산 김씨 종친회의 어떤 인물이 PC방에서 소설
게시판에 경고성 문자를 남겼습니다. 아랑곳없이 소설이
계속 연재되니까 동산 김씨 종친회 회장께서는 가만히 있
을 수가 없었죠. 그래도 반응이 없자 천망회회 소이불실天
網恢恢 疎而不失이라는 최후통첩을 하게 됩니다. 그 소설 연
재의 내막을 잘 알고, 신흥 조폭 소동파21 김봉춘의 아들
인 김형철의 계좌에 15억 원이 들어간 것은 착수금이라
고 봐야겠죠. 그런데 소설을 쓴 사람은 김형철을 뺀 14억
이라야 되는데 왜 15억 원이냐? 박지연의 목숨도 포함이
된 것이죠. 물론 사건이 끝나면 돈을 더 주기로 했겠죠.

결말로 달려가겠습니다. 확인한 사실이지만 김봉춘 사
장님과 김태용 사장님은 여러 번의 통화를 하셨더군요.
그 내역은 다 확보했습니다. 이번 연쇄 살인의 두 기둥인
셈이지요. 대부분의 피해자를 김형철이 해치웠다는 게 저
의 결론입니다. 그리고 이쯤에서 입막음을 하기 위해 김

형철을 죽인 것은 제3의 인물이거나 아버지인 김봉춘이라고 봐야지요.

두 분께서는 저의 추리에 대해서 어떻게 생각하십니까?

에필로그

보복의 끝은 어디인가

어디에서 내려드릴까요? 경찰서 근처에만 내려주면 돼. 모든 게 검찰로 송치가 된 셈이라 마음은 편하시겠어요. 그려, 이젠 강 건너 시아비 좆이지. 그나저나 아버지 일은 유감이야. 그동안 오해한 것도 미안하고. 화투질과 좆대가리는 만질수록 커진다면서요? 응? 그렇지……. 건드릴수록 사건이 커져서 난감했는데 연쇄 살인의 범인이 김형철이라니 어이가 없네요. 그러게. 대기업 사장인 자네 아버지와 조폭 김봉춘이 관련된 것도 충격이었지. 그런데 김봉춘이 자신의 아들인 김형철을 죽였을까요? 그래도 혈육인데요. 그야 검찰이 밝혀내겠지. 자네 아버지도 빠져나가기 쉽지 않을 거야. 이젠 나도 모르겠고.

물어볼 게 있는데……. 뭔데요? 그 소설에 나오는 순빈 봉 씨는 어떻게 죽었나, 늙어 죽었을까? 살해당했어요. 뭐, 뭐라고? 누구한테 살해당해? 폐출이 된 이후, 아버지 봉려에 의해 죽었습니다. 맞아 죽었다고도 하고, 목이 졸려 죽었다고도 하죠. 저, 정말? 그렇다니까요. 그럼 소설하고는 내용이 영 다르네. 왜 그런 눈으로 보냐? 소설은 소설일 뿐이죠. 그런데 조선시대에는 아무리 세자빈에서 폐출이 되었다고 해서 자신의 딸을 죽여도 되나? 봉려의 경우에는 병사를 했다는 말도 있는데, 딸을 죽인 후 스스로 목숨을 끊었다는 게 정설이에요. 첫 번째로 폐출을 당했던 휘빈의 경우도 그런가? 휘빈 김 씨의 경우에도 아버지 김오문이 장수인지라 아내와 딸을 모두 죽이고 자결했다는 것으로 보아 결과는 마찬가지였죠.

세자빈과 여종이라는 신분 차이가 심할 때인데 조선시대에도 레즈비언이 있었던 셈이네. 봉 씨와 소쌍의 행위는 실록에 처음 드러난 것일 뿐 실제로는 궁중에서 만연한 상황이라고 봐야겠죠. 그런데 소설에 나오는 단지라는 인물이 궁금하던데 여자일까, 남자일까? 소설에서는 남자로 그려지고 있는데 소설 이어쓰기에 참여한 사람들이 오해한 것 같고, 흐름상 여종이라고 봐야죠.

내가 보기에 그 소설에서 가장 비겁해 보이는 인물은 세자인 문종이야. 자고로 여자는 좆으로 다스려야 하거늘 너무 여자들을 외롭게 만들어 두 집안이 풍비박산이 났잖아. 일면 그런 점이 있죠. 그렇지만 봉 씨가 세자빈이 된 이후에 문종에게는 후궁이 셋이나 더 있었어요. 권전의 딸, 정갑손의 딸, 홍심의 딸이었는데 권 승휘와 홍 승휘에게만 정을 주었다고 해요. 아들을 낳은 권 승휘는 훗날 현덕왕후가 되었죠. 소설과는 다르게 휘빈 김 씨는 무신의 딸인데 미모가 출중했던 것 같고, 문신의 딸인 순빈 봉 씨는 청순하고 가련하거나 순진무구한 인물로 보이거든요. 무슨 근거로? 휘빈이라고 할 때 휘徽는 눈이 부시도록 아름답다는 의미가 있고, 순빈이라고 할 때 순純은 순수하고 순박하다는 의미가 있다고 봐야죠. 그 시대에는 이름이나 호칭에 외모를 함축하는 의미가 많이 담겨 있었을 테니까요. 그러거나 말거나 그 시절 여자들은 아들을 낳아야 장땡이었네, 씨발. 그런 셈이죠.

참, 자네가 몰랐던 사실을 하나 얘기하지. 뭔데요? 박지연과 오찬란도 사연이 있었더군. 사연이요? 응. 오찬란이 박지연네 가족에 입양됐다가 파양됐잖아? 그래서요? 알고 보니까 박지연의 아버지가 오찬란에게 성폭력을 일삼았더군. 아, 그래요? 오찬란이 신인 배우로 유명세를 타기 시작하니까 박지연의 아버지가 심리적으로 쫓겼던 모양이야. 그래서요? 박지연은 어릴 때라 몰랐다가 커서 오찬란을 만난 이후로 진실을 알게 되었던 거지. 더군다나 박지연과 오찬란은 동성애 관계였거든. 그래서요? 씨발놈이 말끝마다 그래서요, 그래서요 염불을 외우고 있네. 그래서요? 어쨌든 박지연이 자신의 아버지를 심하게 다그쳤는지 그 아버지가 목을 맨 모양이야. 그래서요? 듣기 좋은 육자배기도 한두 번이다. 어쨌든, 그래서요? 목을 맸는데 지금 혼수상태야. 죽지는 않았군요. 죽은 거나 진배없어. 남자는 자고로 좆대가리 함부로 놀리면 안 되는 거야. 어, 왜 그런 눈으로 보냐? 꼽냐? 꼬우면 너도 똘똘이 목욕을 시키던가.

참, 너는 아버지와 사이가 언제부터 좋지 않았냐? 말하고 싶지 않습니다. 월급 사장이긴 해도 우주그룹 오너면 보통 끗발이 아닌데 넌 뭐가 좋다고 이 고생이냐? 저번에 말했잖습니까. 아, 영화 〈도둑놈 부자〉를 보고 개가천선했다고 했지? 〈도둑놈 부자〉가 아니라 비토리오 데 시카 감독의 〈자전거 도둑〉이라는 영화입니다. 개가천선이 아니라 개과천선이 맞고요. 상스럽게 〈도둑놈 부자〉가 뭡니까? 거참, 좆나리 잘난 척이네. 씨발놈아, 아버지와 아들이 자전거 훔치다가 걸려서 좆나리 터졌다는 얘기라며? 그게 그거지 무슨 말이 그렇게 많아. 아이고, 그만하시죠. 어떻게 보면 너랑 네 아버지는 꼭 문종하고 세종대왕의 관계처럼 보여. 뭘 그렇게 쳐다봐. 내 생각이 그렇다는 건데. 이제 다 왔구나. 태워줘서 고맙다. 갈 테니까 나중에 소주나 한잔하자. 알겠습니다, 다음에 뵙죠. 그럼, 수고.

과거는 과거일 뿐

한 번 더 할까? 그만 좀 해요. 두 번이나 했잖아요. 사내놈이 하룻밤에 일곱 번은 해야지. 김 기자님이 죽었다는 게 믿어지지 않아요. 현장에서 확인했는데 덤프트럭이 김 기자의 차를 깔아뭉개버렸어. 강 형사님은 현장에 같이 있었다면서 전혀 다치지 않으셨네요? 안 다쳐서 유감이냐, 씨발년아? 안 다쳐서 다행이라는 얘기지 말을 왜 그렇게 해요? 그러고 보면 나도 죽다 살았다. 김 기자 차에서 내려

뒤돌아서기가 무섭게 트럭이 덮쳤거든. 어, 그러고 보니 슬픈 얼굴이네. 눈이 퉁퉁 부었네. 울었어? 울었던 거야? 왜? 김 기자가 죽어서 운 거야? 이것들 봐라. 관계가 수상하다 했더니……. 알지도 못하면서 함부로 말하지 마세요.

그나저나 그 트럭을 몰았던 놈이 심상찮아. 왜요? 폭력 전과 3범인 데다가 아무래도 김봉춘 쪽이 의심스럽단 말이야. 그래서요? 김봉춘의 아들인 김형철이 살해당했는데 범인이 잡히지 않았잖아? 그래서요? 그러니까 김형철이 평소에 면식이 있었던 여성들을 살해한 물증이나 정황이야 한두 가지가 아니라서 의심의 여지는 없는데, 김형철을 김봉춘이 죽인 게 아니라 김 기자의 아버지 김태용이 다른 경로로 사주한 것 같다는 얘기야. 그래서요? 이것들이 세트로 놀고 있네? 뭐, 뭐라고요? 너 가만 보니 김 기자랑 말투가 비슷해. 서, 설마요. 김 기자도 빽하면 그래서요, 그래서요 염불을 외더니 너도 그래. 설마요. 어쨌든 그래서요? 그러니까 김봉춘이 김태용의 아들인 김 기자를 죽임으로써 복수를 했다는 게 나의 추리야. 어때, 나의 추리가?

헬가라고 들어보셨어요? 헬가? 엉뚱하게 그건 무슨 소리야? 알아요, 몰라요? 모르겠는데. 그러면 베아트리체는요? 많이 들어보긴 했지만 모르겠는데. 정말 몰라요? 나무식한 거 이제 알았냐? 미국의 남성 화가가 있었대요. 미국 남성 화가가 한두 명이냐, 씨부랄. 그런데 그 화가가 15년 동안 누구도 모르게 헬가라는 이웃집 여인을 모델로 그림을 240점이나 그렸대요. 그게 무슨 문제야? 그 화가의 가족들도 헬가의 남편도 전혀 몰랐었다니 그게 문제였죠. 누드화도 있었겠지? 당연히 그랬을 거예요. 15년 동안 그 여인의 그림만 그렸다면 두 사람이 함께 보낸 세월이 짐작이 가시겠죠. 예술가만 아니었다면 미친 연놈들이구만. 그런데 왜 그런 얘기를 하지? 형철 오빠가 저를 따라다닌 기간이 그쯤은 된 것 같아요. 그, 그래?

단테는 이탈리아 시인인데 『신곡』을 지은 인물이죠. 단테는 9세 때 한 살 아래인 베아트리체를 만나 평생 정신적인 사랑의 여인으로 삼았다죠. 그런 얘기를 왜 하는데? 화가나 시인에게는 정신적인 뮤즈가 있는 셈이죠. 뮤즈? 네, 뮤즈. 뮤즈가 뭔데? 예술가들에게 영감을 주는 인물들을 뮤즈라고 하잖아요. 그런가? 어쨌든 그 얘기는 김 기자에게 들었겠지? 어, 어떻게 아세요? 나도 김 기자에게 들은 얘기야. 그런데 왜 거짓말을 하셨죠? 거짓말을 한 게 아니라 모른 척한 거지. 왜 모른 척하신 건데요? 너와 김 기자의 관계를 가늠해보느라 그런 셈이지. 상관없는 일이지만. 상관없다고요? 그래, 지금 나는 너랑 섹스를 했고, 몸의 대화를 했으니 현재가 중요한 거지. 과거는 필요 없어. 혹시 모르지, 너는 전생에 순빈 봉 씨였는지도. 제가요? 그래, 아니면 그 아담의 첫 번째 아내가 누구랬지? 아, 릴리스요? 그래, 독립심이 강하고 섹스에 능한 여자. 난 그런 여자가 좋아. 생각이 단순명료하시군요. 복잡해서 뭐 하냐? 지금은 너만 있으면 돼.

　아 참, 책으로 나온 『거짓말쟁이들의 추리』를 읽어봤는데 이전 사이트에 연재된 내용과 전혀 다르더라. 아셨군요. 전부 뜯어고친 게 너지? 말하고 싶지 않아요. 지나간 과거니까. 소설 이어쓰기에 참여했던 여자들이 그 사실을 알게 되면 어떻게 될까? 그 책은 다 사라졌으니 과거인 셈이죠. 악마에게 영혼을 팔지 않고서야 어떻게 예술가가 될 수 있겠어요? 좋은 경험이었죠. 하여간 너는 참 나쁜 년이야. 그걸 이제 알았단 말이에요? 그래, 이제야 알았네. 그리고…… 차라리 네가 나의 첫 번째 마누라였다면 좋았을 뻔했어. 뭐라고요? 아, 아냐. 해본 소리야. 못 들었으면 됐고. 지금은 너만 있으면 돼. 한 번만 더 하자. 응? 딱 한 번만.

　유대의 옛 전승에 따르면 아담은 이브와 결혼하기 전에 다른 여성과 결혼했는데, 그 여성의 이름이 릴리스였다고 한다. 릴리스는 아담과 성격 문제로 결별하고 에덴의 동산을 떠난다. 아담은 순종적이고 사근사근한 여성을 원했던 것이 틀림없다. 릴리스는 개방적이고, 독립성이 강하며, 성적 욕구 및 모든 면에서 아담과 동등하길 원했던 인물인 셈이다. 릴리스는 정확하게 말해서 이브 이전의 아담의 첫 아내였다는 기록이 『벤 시라의 알파벳(Alphabet of ben Sira)』이라는 AD 7~10세기의 중세 유대교 문헌에 나온다고 한다.

　아담은 원초적인 남성성, 권위주의, 권력욕, 폭력성, 부도덕 등을 타고난 것은 아닐까. 이번 소설의 등장인물인 문종이나 강 형사, 문중의 사람들도 마찬가지다. 반면에 아담의 첫 번째 아내는 아담의 정서에 반기를 들고 저항하는 인물이다. [이에 해당하는 등장인물로는 순빈 봉 씨, 박지연, 그리고 소설 이어쓰기에 참여했고, 연쇄 살인에 희생당한 여성들이 떠오른다.] 특히, 박지연은 폐빈의 환생으로서 현실에 저항하며 영혼을 팔아서라도 예술이라는 욕망에 다가가려는 인물로 그리고 싶었다.

어머니처럼 성경책을 많이 읽은 사람을 나는 알지 못한다. 어머니가 뇌종양이라는 전화를 받았을 때, 버스가 모두 빠져나간 어느 종점의 드넓은 주차장이 기억난다. 어머니는 내가 죽으면 네 일이 모두 잘 풀릴 거란 말씀을 해 나를 울렸다. 결국, 나는 어머니와의 약속을 지키지 못했다. 절대로 요양병원에는 들어가지 않겠다고 하셨던 말. 어머니는 요양병원에 들어가신 이후 침묵을 지키셨다. 끝내 한 마디도 안 하시고 돌아가셨다. 어머니의 침묵이 두렵고 무서웠다. 어머니는 침묵으로 저항하신 게 아닐까. 가족들에게 화를 내신 게 아닐까.

꽤 오래전에 쓴 소설이다. 소설의 일부는 단편으로 발표도 했었다. 끝내 이 작품을 포기하지 못한 것은 어머니에 대한 연민, 혹은 이 땅의 '릴리스'들 때문인지도 모른다. 이제 어머니가 밑줄 그으며 읽던 성경책을 찾아 읽어 볼 생각이다.

2020년 벽두

신승철